KB071281

가솔린 무지개

가솔린 무지개

정아솜 지음

발행처 도서출판 청어
발행인 이영철
영업 이동호
홍보 천성래
기획 남기환
편집 이설빈
디자인 이수빈 | 김영은
제작이사 공병한
인쇄 두리터

등록 1999년 5월 3일
(제321-3210000251001999000063호)

1판 1쇄 발행 2024년 1월 11일

주소 서울특별시 서초구 남부순환로 364길 8-15 동일빌딩 2층
대표전화 02-586-0477
팩시밀리 0303-0942-0478
홈페이지 www.chungeobook.com
E-mail ppi20@hanmail.net

ISBN 979-11-6855-224-1(03810)

가솔린 무지개

정아솜 장편소설

도서출판 청어

내 인생의 등불이 되어주신

작은 오라버니께 바칩니다.

작가의 말

이 이야기는 삐삐도 없고 휴대폰도 없던 시절을 배경으로 하고 있다. 지금처럼 모든 것이 빠르고 편리하진 않았지만 그때는 그때 나름대로의 매력이 있었다.

문자 대신 편지를 쓰고 전보를 치고…… 무엇이든 천천히 조용히…… 참을성 있게 기다렸다. 그게 느리다거나 불편하다거나 하는 생각은 조금도 없었다. 세상이 그냥 느릿느릿 움직였던 것 같다.

눈이 내린다.

그때의 그 눈은 아니지만 그때와 같은 모습으로 눈이 내린다.

눈 내리는 모습은 그대로인 것 같다.

정아솜

차례

제1장

난데없는 고백

내가 그를 만난 것은 실로 우연한 일이었다. 그날 나는 보험금 지급 문제로 자동차 보험회사 사무실에 갔었는데 그 역시 무슨 볼일이 있어 온 것 같았다.

"듣자니까 꽤 복잡한 문제가 있는 듯한데, 괜찮으시다면 제가 좀……"

그는 초면임에도 불구하고 별로 주저하는 기색도 없이 나에게 말을 붙였다. 보통보다 조금 큰 키에 그저 그런 체격, 오십보다는 육십에 가까운 얼굴, 소박한 옷차림에 역시 소박한 인상…… 첫눈에 비친 그의 모습은 대강 그러했다.

"아뇨, 다 끝났는걸요. 고맙습니다."

남의 도움을 받아야 할 만큼 어려운 문제가 있는 것도 아니었고 절차상 필요한 몇 가지 골치 아픈 서류들도 거의 갖추어진 상태였기 때문에 나는 당연히 그의 제안을 거절하였다.

"그러면 잠깐 차라도 한잔……"

그는 승강기 앞에까지 따라나오며 나에게 자꾸 말을 시켰다. 단순한 친절 외에 뭔가 꼭 할 말이 있는 것만 같았다. 하지만 나는 마음이 내키지도 않았을뿐더러 준호가 학교에서 돌아올 시간이 되어가고 있었기 때문에 마음이 급했다. 그 당시 초등학교 1학년이었던 준호는 아파트 열쇠를 따로 가지고 다니지 않았었다. 그래서 그가 돌아올 시간이면 내가 꼭 집에 있어야 했다.

"전 집에 가야 해요. 아들이 학교에서 돌아올 시간이 되었거든요."

막 문이 닫히려는 승강기 안으로 들어서며 내가 말했다. 나는 그가 혹시 뒤따라 내려오는 게 아닌가 하고 공연히 긴장이 되었으나 다행히 그런 일은 일어나지 않았다. 그리고는 그 일을 잊어버렸는데, 그로부터 얼마간 시간이 지난 후에 그를 다시 만나게 되었다.

"나와주셔서 감사합니다. 전 아주머니께서, 아주머니라고 불러도 괜찮겠죠? 너무 젊어 보이셔서……"

약속 시간보다 조금 일찍 커피숍에 들어서자 그가 내 쪽으로 다가오며 말했다. 그는 나보다도 더 일찍 나온 모양이었다.

"그럼요. 전 아줌마인걸요."

"전 아주머니께서 한마디로 거절해버리면 어쩌나 하고 걱정했습니다. 그러면서도 한 편으론 나와주실지도 모른다고 기대했었지요."

"그런 식의 요청을 물리칠 만큼 전 마음이 강하지 못해요."

그는 나에게 전화를 걸어 자신의 신분을 밝힌 다음 한 번만 만나줄 것을 간곡히 청하였던 것이다.

"제 전화번호는 어떻게 아셨어요?"

"보험회사 사무실에 친구가 있어서…… 정말 죄송합니다."

"그럼 제가 어떠한 처지에 놓여 있는지도 다 아시겠네요?"

"용서해주십시요. 처음부터 아주머니의 신상에 관해 들추어볼 생각은 아니었습니다."

"용서해드리죠. 제 남편이 사고로 세상을 떠난 것은 비밀이 아니니까요. 아저씨 외에도, 아저씨라고 불러도 괜찮겠죠?"

나는 조금 전의 그의 말을 흉내내며 가볍게 웃었다. "그때 당신이 웃어주지 않았더라면 당신에게 청혼할 용기를 내지 못했을 거야."라고 그 후로 그는 가끔 말하곤 했다.

"그럼요. 전 아저씬걸요."

그 또한 나를 흉내내며 웃었다.

"아저씨 외에도 수많은 사람들이 알고 있고 지금쯤은 아마 다들 잊어버리고 있을 텐데요, 뭐."

"사람들이란 남의 불행에 관해선 쉽게 잊어버리지요."

"그편이 오히려 자연스러운지도 몰라요. 사람들이 남의 불행까지 끝끝내 잊어버리지 않는다면 세상이 얼마나 우울하겠어요?"

"딴은 그렇군요."

그는 진지한 태도로 내 말에 동의했다.

"그래서 아저씨는 저를 위로하려고 나오신 건가요? 그렇다면 제가 손수건을 눈에 대고 있지 않아 실망하셨겠네요?"

나는 그가 전혀 낯선 사람이라는 사실이 오히려 편안하여 그간에 쌓인 피로와 근심 따위로부터 잠시나마 도망치고 싶은 심정이었다.

"아닙니다. 오히려 그 반대지요. 아주머니를 위로할 생각이었다면 그때 바로 연락을 취했을 겁니다. 하지만 위로받아야 할 사람이 바로 저였기 때문에 내내 망설였습니다."

나는 다소 궁금한 생각이 들었으나 그가 계속 말할 수 있도록 내버려두었다.

"처음엔 아주머니를 가까이서 한 번만 만나보는 게 소원이었습니다. 그런데 뜻밖에도 아주머니의 사정을 알게 되었기 때문에…… 용서하십시오. 남의 불행을 기뻐하는 꼴이 되었으니 말입니다."

"제 불행이 누군가를 기쁘게 했다고 생각하니 기분이 이상하군요."

"죄송합니다."

"죄송하긴요. 전 그런 뜻으로 말씀드린 게 아녜요. 무엇보다도 전 아저씨께서 상상하시는 것처럼 비탄에나 빠져 있을 한가한 처지가 못 되니까요."

솔직히 말해서 나는 여덟 살밖에 되지 않은 준호를 데리고 앞으로 어떻게 살아갈 것인가, 하는 생각으로 머릿속이 복잡하여 남편을 잃은 슬픔이라든가 외로움이라든가 하는 등등의 문제에는 마음이 덜 갔던 게 사실이다. 작은 회사에 다니던 남편의 월급으로 빠듯하게 생활하던 나로서는 남편의 부고를 듣는 순간부터 줄곧 그 생각뿐이었던 것이다.

그는 내 말을 듣더니 갑자기 심각한 어조로 형편이 많이 어려운가 어떤가 물어보았다. 그러나 나는 그러한 문제를 놓고 그 앞에서 궁상을 떨고 싶지 않았을뿐더러 그의 동정심을 유발시키고 싶은 생각은 더욱 없었기 때문에 못 들은 척하고 다른 얘길 꺼냈다. 그랬더니 그로서도 그러한 내 심중을 눈치챘는지 그 문제에 대해선 더 이상 묻지 않았다.

"아주머니를 처음 본 순간 어찌나 놀랐던지 제 눈을 믿을 수가 없었습니다."

"제가 무슨 놀랄만한 행동이라도 했었나요?"

"그게 아니라 아주머니는 죽은 제 아내와 너무나 닮았습니다. 키는 아주머니가 훨씬 큰 편이지만 눈도 그렇고 눈썹도 그렇고……"

그의 난데없는 고백에 나는 다소 어색한 기분이 들어 웬 신파극이냐고 농담이라도 한 마디 던져볼까 하였으나 그의 표정이라든가 말하는 태도 등이 너무도 진지하여 그만두고 커피만 한 모금 마셨다.

"이십 년 가까이 저는 아내를 그리워했습니다. 물론 아내가 살아서 돌아오지 못하리라는 것은 알고 있었지만 너무 보고 싶을 때면 그럴 수 있을지도 모른다는 환상에 사로잡히곤 했었지요. 하지만 갈수록 환상은 줄어들고 나이만 늘어 무섭도록 외로움에 시달리고 있었습니다."

그는 스스럼없이 마음을 풀어놓았다.

"왜 진즉 재혼하지 않으셨어요?"

"처음엔 재혼할 생각이 없어서 그냥 지냈는데 나중에는 하려고 해도 마음에 맞는 상대를 찾을 수가 없었습니다. 지금 생각해보면 참으로 다행스러운 일이지요."

"다행스럽다뇨?"

"진즉 재혼했더라면 아주머니께 청혼할 수 없을 것 아닙니까."

"딴은 그렇군요."

청혼이라는 말에 나는 또다시 어색한 기분이 들어 조금 전 그가 했던 대답을 일부러 흉내내며 가볍게 웃었다. 그러자 그 역시 조금 어색한지 내가 했던 대로 커피를 한 모금 마신 다음 웃어 보이고는 얘길 계속했다.

"아내는 촌스러운 여자였습니다. 신발도 고무신을 제일 좋아했으니까요. 아무리 비싼 구두를 사주어도 고무신만큼 좋아하지 않았지요. 발이 편해서라고 말했지만 그보다도 어떤 특별한 애정을 가지고 있는 것 같았습니다."

촌스러운 여자! 나는 그녀가 어쩐지 아름답게 느껴졌다. 촌스러움이야말로 순수한 게 아닐까, 하고 생각되었기 때문이다.

"아내는 고무신을 깨끗이 물로 닦아 문턱에 세워두곤 했었습니다. 그러면 뒤꿈치에 물이 고이곤 했었지요."

그는 얘길 계속하고 있었다. 마음놓고 아내 얘길 할 수 있다는 것만으로도 무척 행복한 것 같았다.

"마치 견우와 직녀 얘기 같군요."

"그들은 우리보다 형편이 나은 셈이지요. 일 년에 한 번은 만날 수 있으니까요. 직녀 얘기가 나왔으니 말인데, 아내는 시집오는 날까지 베틀에 앉아 있었답니다. 누에를 쳐서 명주베를 짰었는데 장이 멀어서 내다 팔기도 힘이 들었지요."

"직접 길쌈을 하셨단 말인가요?"

"우린 산골에서 함께 자랐거든요."

"아무리 산골이라고 해도 그렇지, 길쌈이라면 아주 오래전에 사라진 줄 알았어요."

"흔히들 생각하는 것처럼 그렇게 오래되진 않았습니다. 저만해도 형수님이 건넌방에서 짤깍짤깍 베 짜는 소리를 들으며 공부하던 기억이 지금도 생생한걸요."

"형님이 계신가요?"

"한 분 계신데 사업상 외국에 나가 있습니다."

"다른 형제는요?"

"달랑 형제뿐입니다. 부모님은 다 돌아가셨고……"

"그렇군요……"

"그런데 어디까지 얘기했었죠?"

"길쌈요."

"아, 길쌈! 그러니까 길쌈이 완전히 사라지려면 우리처럼 기억하는 세대까지 모두 사라져야만 하겠지요. 한 사람이 완전히 죽기 위해선 그를 기억하는 사람들까지 모두 죽어야 하듯이 말입니다."

"섭섭한 일이에요. 전 길쌈은커녕 베틀조차 구경해본 적이 없지만 무엇인가 아주 소중한 것이 세상으로부터 빠져나간 듯한 느낌이 들어요."

"아주머닌 손이 고와서 실타래를 잘 만졌을 겁니다."

"고무장갑 덕인걸요."

"아주머닌 우리보다 좋은 시대에 태어나셨습니다."

"그래도 진짜 아름다운 것은 모두 그 옛날에 존재했던 것 같아요."

"돌이켜보아 아름다운 것이지 당시로서는 뭐가 뭔지 알지도 못하고 지냈습니다."

제2장

청혼

내가 그의 청혼을 받아들인 데에는 특별한 이유가 있지 않았다. 그의 됨됨이가 매우 착하게 보였고 생활 태도 또한 성실하게 느껴졌으며 그와 결혼하게 되면 경제적인 문제를 내가 직접 해결하지 않아도 된다는 그런저런 이유에서였다. 그는 나보다 무려 스무 살 이상 나이를 더 먹었고 나와 나이가 엇비슷한 딸과 나보다 겨우 여덟 살 아래인 아들이 있었으며 아직도 죽은 아내를 너무나 사랑하고 있다는 등등 부담스러운 점이 한두 가지가 아니었으나 경제적인 안정이라는 엄청난 사실에 비한다면 그러한 문제들쯤이야 사소한 넋두리에 불과했다. 그도 그럴 것이 나는 물건을 아껴 쓴다든가 저축을 한다든가 하는 따위의 소극적인 방법 말고는 직접 돈을 벌어본 일이 없었을뿐더러 벌 만한 재주나 용기 또한 가지고 있지 않았기 때문이다.

"아주머니 집안에 있어주는 것만으로 충분합니다. 안주인이 있다고 느끼고 싶으니까요. 아주머니 제가 얼마나 기쁜지 상상도 못 하실 겁니다. 아내가 다시 살아난 것만 같아요."

그는 흥분해서 말하고 있었다. 죽은 아내가 뭘 어쨌다느니 하는 등의 이야기를 여러 번 듣다 보니 그렇잖아도 내 생활에 끼어 있는 어두운 그림자가 더욱 짙어지는 것만 같아 우울한 느낌이 들었으나 그토록 한 여자를 일편단심 그리워한다는 것은 심성이 매우 곧은 증거일 거라고 생각하기로 하였다.

"저는 어려서부터 그다지 운 좋은 편이 아니었어요. 시어머님께선 남편도 저 때문에 그렇게 됐다고 생각하고 계세요."

나는 그의 기분을 일부러 망치고 싶진 않았으나 아무래도 그가 나에 대해서 지나친 환상을 가지고 있는 것 같아 사실대로 알려주어야 할 필요를 느꼈다.

"그 점이야 제 경우도 마찬가진걸요."

"그야 그렇지만 전 좀 일찍부터 심하게 당했거든요."

나는 내가 오래전에 가족을 모두 잃었고 혈육이라고는 준호밖에 없다는 사실을 간단히 설명해주었다.

"정말 안되셨습니다. 하지만 운이란 있다가도 없고 없

다가도 있는 법이니 너무 신경쓰지 마십시요. 다 잘 될 겁니다."

그는 자기 기분에 취해 싱글벙글하고 있었기 때문에 내가 뭘 말해도 새겨들을 것 같지 않았다. 하지만 나로서는 아무래도 말하지 않을 수 없었다.

"그래도 불행이 저를 따라다니는 것 같아요."

"이런! 아직도 충격에서 벗어나지 못하고 있군요."

그는 나를 무서운 꿈을 꾼 어린아이 정도로 생각하고 있음이 분명했다.

"그래서 누군가와 새로운 관계를 맺는다는 게 두려워요. 솔직히 말씀드리자면……"

"저와 결혼하는 게 싫으시다는 거죠?"

그는 갑자기 정색을 하며 내 말을 가로채었다.

"아뇨, 그런 얘기가 아녜요. 전 다만 제 주위에서 자꾸……"

"제가 너무 늙었다고 만류한단 말이죠?"

그가 얼마나 초조해하는지 제대로 말을 이을 수가 없었다. 그래서 나는 부득이 그에게 주의를 주어야만 했다.

"아저씨, 제 말을 자꾸 막지 말아주세요. 전 다만 제 주위에서 또다시 불행한 일이 일어날까 봐 걱정스럽다는 말씀을 드리려는 것뿐이에요."

"정말 그것뿐입니까?"

"물론 아저씨는 저보다 나이를 많이 먹었어요. 하지만 그런 걸 문제 삼진 않겠어요."

"고맙습니다."

"고맙긴요. 아직 완전히 승낙한 것도 아닌데……"

그가 터무니없이 감동하는 것 같아 슬그머니 놀려주고 싶은 생각이 들어 그렇게 말을 꺼내긴 했으나 순식간에 실망의 빛이 떠오르는 그의 눈을 대하자 그만 측은한 생각이 들어 어차피 짚고 넘어가야 할 실질적인 문제들로 슬쩍 옮겨가기로 했다.

"실은 몇 가지 부탁이 있는데…… 들어주시겠어요?"

"얼마든지요."

"저는 아들을 데리고 가야 해요."

"물론 그러셔야죠. 아이들이란 엄마 옆에서 자라야 하니까요."

"그리고 어머니와 오빠 제사도 모셔야 하고……"

"자식이라면 당연히 그러셔야죠."

"돌아가신 사모님 제사도 소홀히 하진 않을께요."

"고맙습니다."

"고맙긴요. 당연한 일이죠."

"그래도 고맙습니다."

"그리고 제 방을 따로 주셨으면 해요. 가능하다면요."

"물론 가능합니다. 작년에 딸아이가 출가한 후로 이층은 온통 아들 혼자서 쓰고 있는 데다 아래층에도 방이 여럿 있으니까요."

"좋은 방이 아니라도 상관없어요. 다만 제게도 개인적인 공간이 있었으면 하는 것뿐이니까요. 제 말이 이상하게 들릴지 모르지만……"

"아닙니다."

그는 서둘러 대답하느라 내 말을 가로막았다.

"그리고 저나 제 아들한테서 성급하게 뭘 기대하진 말아주세요. 특히 그 아이는 어떻게 적응해나갈지 모르겠어요. 좀 내성적인 성격이라서……"

그리고 또 나는 그에게 죽은 아내 얘길 너무 자주 하지 말았으면 좋겠다고 말하고 싶었으나 공연히 상처를 주게 될까 저어되어 살면서 차차 얘기하기로 하였다.

제3장

준호

준호는 생각했던 것보다 쉽게 내 말을 이해했다.

"그러면 아빠라고 불러야 돼?"

난처한 표정으로 그가 물었다.

"아니, 꼭 그럴 건 없어. 네가 부르고 싶은 대로 불러."

"그래도 돼?"

"그럼."

그는 안심하는 듯하다가 또 물었다.

"딱정이는?"

"데리고 가지 뭐."

딱정이란 빨간색의 동그란 등에 검은 점이 박힌 조그만 무당벌레로 베란다에 있는 화분에서 우연히 발견되었는데 준호가 노상 그를 상대로 중얼거리며 애지중지하고 있었다. 딱정이란 이름도 물론 준호가 붙인 것이었다.

하루는 내가 안방에서 뭔가를 하고 있는데 준호가 베

란다에서 얘기하는 소리가 들렸다. 물론 딱정이에게 하는 말이었다.

"딱정아, 우리 이사 간대. 걱정 마. 너도 데리고 갈께. 거긴 이층집이래. 하지만 난 여기가 더 좋아. 나중에 아빠가 찾아오면 어떡하겠어?"

그는 언젠가 아빠가 찾아올지도 모른다고 생각하는 것 같았다. 그러나 나는 그러한 그의 생각을 방해하고 싶지 않았다. 왜냐하면 내가 구태여 알려주지 않더라도 머지않아 스스로 깨닫게 될 일이었기 때문에.

한 번은 그가 나에게 이렇게 묻는 것이었다.

"아빠는 왜 돌아가셨어?"

"요정이 울면서 아빠의 옷을 빨았기 때문이야."

어디선가 그런 말을 들은 것 같아 나는 그렇게 대답해주었다.

"왜 요정이 울면서 아빠의 옷을 빨아?"

"아빠가 옷을 아무 데나 벗어놓으니까 그렇지."

준호아빠는 옷이나 양말 따위를 아무 데나 벗어놓는 버릇이 있었다. 준호도 그랬다. 그래서 나는 날마다 잔소리를 해야 했는데, 그 얘길 하고 나서부터 준호는 자기 옷을 열심히 정리했을 뿐만 아니라 내 옷까지도 옷장 속에 집어넣곤 했다.

제4장

이상주의란 무엇인가?

"은수형도 이제 곧 죽을 거야."

나와 함께 그의 집에 다녀온 후로 준호가 말했다.

"왜?"

"그 형도 옷을 아무 데나 벗어놔."

그와 결혼하려고 마음은 먹고 있었으나 최종적인 결정을 내리기에 앞서 나는 그의 가족들을 만나보고 싶었고 또 그의 가족들에게도 나를 보여주는 게 좋을 것 같았다. 그래서 준호를 데리고 그의 집에 다녀 온 적이 있었다.

늦은 아침 무렵, 준호와 나는 아파트 입구로 나가 그의 차를 기다렸다. 보도블록 틈새에서 자란 민들레들이 드문드문 꽃을 피우고 있었고 배수가 잘되지 않아 늘 물이 괴어 있던 길가의 조그만 물웅덩이에선 누가 흘리고 갔는지 무지개조가비와도 같은 가솔린 무지개가 눈이 부실 정도로 현란하게 빛나고 있었다.

"헤매지 않으셨어요?"

약속 시간에 맞추어 나타난 그의 차에 오르며 내가 그에게 물었다.

"헤매긴요."

"그래도…… 이 동네가 꽤 복잡한데 용케 찾으셨네요."

"어딘들 못 찾겠습니까."

그는 매우 기분이 좋아 보였다. 깨끗한 양복에 선글라스에 머리도 새로 염색을 했는지 흰 머리카락 하나 보이지 않았다.

창으로 조금씩 들어오는 바람…… 신호등의 빨갛고 파란 불빛들…… 총총히 횡단보도를 건너는 사람들…… 나는 그 모든 것들이 너무도 조용하고 잔잔하여 전에도 그렇게 존재했었는지 의심스러울 지경이었다. 그들은 마치 그림 속의 이동처럼 유유히 아름답게 움직이는 것이었다. 어떠한 고통이나 저항도 느껴지지 않았다. 그들은 그저 불어오고 깜빡거리고 지나쳐갈 뿐 아무런 인과도 원한도 갖고 있지 않은 것 같았다.

그들은 전에도 그렇게 존재하고 있었을까? 그만큼의 속도로 그만큼 자유로이 거기 그렇게 존재하고 있었을까? 물론 그랬을 것이다. 다만 내가 알아차리지 못하고 있었을 따름. 그렇다면 나는 왜 오늘에야 알아차리게 되었을까? 수십 번 수백 번 지나친 그 길에서 어쩌면 단 한 번도 그들의 그 아름다운 흐름을 느끼지 못했던 것일까?

나는 순간적으로 그 해답을 알아내고 몸서리쳤다. 가난이란 그렇게도 잔인한 것이었다. 가난이란 눈도 막고 귀도 막고 마음의 물꼬를 모두 막아 이성도 감성도 제대로 흐르지 못하게 하는 것이었다. 무언가를 느긋하게 파악하려면 우선 가난하지 말아야 했다. 가난으로 인한 근심과 불안으로 어지럽혀지지 않은 공간이 있어야 했다. 바로 그 오염되지 않은 공간을 통하여 아름다움이니 뭐니 하는 이른바 정신적인 감흥이 흘러드는 것이었다.

물론 나는 아직 가난하게 살고 있었다. 그러나 거기서 벗어날 수 있는 가능성에 한 발을 올려놓는 것만으로도 세상과의 관계에 여유를 가질 수 있었던 것이다. 바람도 신호등도 낯모르는 사람들도 전에는 없던 다정한 표정으로 나에게 미소를 보내고 있었던 것이다. 아름다운 변덕이었다. 끔찍히도 아름다운 변덕이었다. 나는 더 이상 가난과 우울 속에서 조바심치고 싶지 않았다. 나는 벗어나고 싶었다.

"준호라고 했지?"

그는 준호에게 신경이 쓰이는지 몇 살 먹었느냐, 공부는 잘하느냐, 친구들은 많이 있느냐 하는 등등의 질문을 여러 차례 던졌으나 준호는 예, 아니오 외의 대답은 한 번도 하지 않았다. 나는 그러한 준호가 안쓰럽기도 하고 미안한 생각이 들기도 해서 그의 조그만 손을 꼭 쥐고 있었다.

그의 집은 우리 아파트에서 제법 먼 덕진에 위치해 있었는데, 붉은 벽돌로 지어진 이층집에 마당이 꽤 넓어서 차가 집안으로 쑥 들어갈 수도 있었다. 마당에는 크고 작은 몇몇 나무들이 있었으나 손질이 되지 않은 채 이런저런 꽃이며 풀들과 뒤섞여 멋대로 자라고 있었다. 그래서 정원이라기보다는 아예 풀밭 같은 인상을 주었다.

"풀을 한 번 맨다는 게 그만……"

내가 마당을 보고 있자 변명하듯 그가 말했다.

"아주 좋은데요."

나는 진심으로 그렇게 말했다.

"그래요?"

그는 얼굴에 미소를 지었으나 꽤 긴장하고 있는 것 같았다.

"엄마, 저기 가봐도 돼?"

풀밭을 가리키며 준호가 물었다. 집을 떠난 후로 처음 하는 말이었다. 그러자 그가 반가운 듯 얼른 대답했다.

"그럼. 가도 되고말고."

그의 말이 떨어지기가 무섭게 준호는 새로운 친구들을 찾아 풀밭 속으로 뛰어들었다.

"준호는 곤충을 몹시 좋아해요. 풀밭에 있으라고만 하면 밥 먹는 것도 잊어버릴 거예요."

"저도 어렸을 땐 그런 것들을 아주 좋아했었습니다. 하긴 좋아했었다는 말보다는 즐겨 가지고 놀았다고 해야 맞는 말이겠지요. 달리 가지고 놀만한 게 없었으니까요."

"아빠, 멋도 없는 정원만 자랑하실 거예요?"

딸랑거리는 소리와 함께 현관문이 열리며 누군가가 밖으로 나왔다. 그녀는 상당히 기우뚱한 몸에 예쁜 임신복을 입고 머리는 숏커트를 하고 있었으며 머리카락 밑으로 반쯤 나온 귀에는 반짝이는 귀걸이를 달고 있었다.

"몸이 이래서 웬만하면 안 오려고 했는데 궁금해서 견딜 수가 있어야죠."

"제 딸입니다."

은희와 나는 의례적인 인사와 악수를 나누었다.

"안으로 들어가세요. 봄볕이 얼마나 따갑다구……"

그녀는 얼굴이 탈까 봐 걱정하는 눈치였다.

"햇빛이 좋은걸요."

나는 역시 진심으로 그렇게 말하며 그녀를 따라 안으로 들어갔다.

현관문을 열자 문 윗쪽에 달아놓은 두 개의 방울 같은 것이 흔들리며 딸랑딸랑하는 소리를 냈다.

"풍경이에요. 실은 워낭이지만 아빠가 풍경이라고 부르시니까 저희들도 그냥 그렇게 따라부르게 된 거죠. 외할머니는 핑경이라고 하셨는걸요."

"……"

"어쨌든 외갓집 소가 목에 걸고 다녔었대요. 엄마가 짠 명주베를 팔아서 산 소였다지 뭐예요."

"그래요?"

나는 아무 말도 하지 않고 듣고만 있기가 뭐하여 간단히 대꾸했다.

"엄마가 무척 아끼시던 거래요."

"그래서 여기에 달아놓으셨군요?"

너무나도 옛스러운 한 쌍의 놋쇠 풍경을 올려다보며 내가 말했다.

"이건 아빠가 달아놓으신 거예요. 엄마는 교동집에서 돌아가셨거든요. 조금만 더 사셨어도 여기로 오셨을 텐데……"

"그렇군요……"

"아주머니도 시골에서 자라셨어요?"

"아뇨, 전 서울에서 자랐어요."

"그런데 어쩐지……"

"시골티가 난단 말이죠?"

"아뇨, 꼭 그런 건 아니지만…… 어딘지 모르게……"

"솔직히 말해도 돼요. 전 그런 말을 좋아하니까요."

"솔직히…… 시골티가 나진 않아요."

"실망했는데요."

"하지만 시골에서 살았던 사람 같기도 해요. 어릴 때라든가 뭐 오래전에 한 번쯤……"

"그러니까 시골에서 떠나온 사람 같단 말이죠? 그것도 아주 오래전에."

"맞아요. 바로 그런 느낌이에요."

"하지만 전 가짠걸요. 시골에서 태어나지도 않았고 살았던 적도 없거든요."

"그러세요?"

"그렇기 때문에 진짜 시골 사람보다 시골을 더 좋아할 수 있었는지도 모르겠어요."

"아는 게 병이란 말이죠?"

"그런 셈이죠. 준호아빠와 결혼해서 시댁에 들락거리면서부터 시골에 대한 환상이 줄어든 게 사실이니까요. 제가 좋아하는 것은 시골이 아니라 단지 시골느낌에 불과하다는 사실을 깨닫게 되었지 뭐예요. 참 어리석은 애기죠?"

"어리석긴요."

"어릴 때 엄마한테서 들었던 시골얘기하고 진짜 시골하고는 완전히 다른 세계였어요."

"친정어머님은 어디 사세요?"

"돌아가셨어요."

"그러세요? 전 그런 줄도 모르고……"

"괜찮아요. 오래전 일인걸요. 고등학교 때 돌아가셨어요."

"그래도 저보다는 운이 좋으신 편이네요. 전 초등학교 때 엄마가 돌아가셨거든요."

"하지만 은희씨한테는 아버님이 계시잖아요. 동생도 있구요."

"어서 오시요. 새 안주인을 봉게 내가 다 맘이 후련허요."

조그마한 몸집의 할머니 한 분이 무릎에 신경통이 있으신지 한쪽 다리를 절뚝거리며 우리 쪽으로 걸어오셨다. 머리는 거의 백발인 데다 그나마 숱도 얼마 되지 않았으나 단정하게 빗질하여 뒤에다 쪽을 지고 계셨다.

"시골에 사시는 할머님이세요. 외할머니 친구분이시고, 우리의 식생활을 책임져주시고, 음…… 한마디로 말해서,

우리 집에서 제일 중요한 분이시죠."

은희가 어리광을 부리듯 웃음 섞인 목소리로 소개를 했다.

"중요허기는 뭣이 중요혀. 돈 버는 것이 중요허지 밥혀 먹는 것이 중요혀? 늙은이 놀리믄 못써."

"안녕하세요?"

나는 할머니 손에서 다과쟁반을 받아들며 인사를 드렸다.

"시상으 밸 일도 다 있지. 어쩌믄 이룹게 느 오매허고 타겼는가 모르겄다."

할머니는 나를 며느리감 고르듯 이리 보고 저리 보고 하시며 "시상으!"를 연발하셨다.

"정말 우리 엄마하고 닮았어요?"

"타겼다니, 아주 도성허다. 연분도 참 비상허지!"

"그래요? 전 엄마 얼굴이 잘 생각나지 않아요. 잊어버린 건 아닌데 어쩐지 또렷하지가 않아요."

"그럴 티지. 언지쩍 일인디 안그러겄냐. 느 할매가 살어서 봤드라믄 좋을 틴디……"

할머니는 인생의 무상함 때문인지 한숨을 내쉬셨다.

"아빠가 왜 갑자기 결혼을 서두르시는지 이제 알 것 같아요."

은희는 오래된 사진첩을 펼쳐놓고 돌아가신 어머니와 나를 비교해보기까지 하였다. 그 바람에 나는 너무도 어색한 기분이 들었으나 얼마나 그리우면 그럴까 싶어 대수롭지 않게 여기기로 하였다. 그런데 내가 보기에는 오래된 흑백사진 속의 그 여인과 내가 닮았다기보다는 그 사진과 주민등록증에 붙어 있는 내 사진이 조금 닮은 것 같았다. 어쨌든 이상스런 일이었다.

"은수는 어딨어요, 할머니? 안내려오고 뭐하는지 모르겠네."

은희는 조금이라도 빨리 나를 아니 내 얼굴을 동생에게 보여주고 싶어하는 눈치였다.

"안내리오기는 뭣을 안내리와, 저그 안 있어?"

할머니는 턱으로 창밖을 가리키셨다.

"저 놈으 풀 좀 뽑으랑게 풀도 이쁘다고 엔간히 혀쌌드니 아주 좋아났고만!"

활짝 열어놓은 커다란 유리창을 통하여 준호와 그와 은수가 풀밭에서 놀고 있는 모습이 보였다.

"요즘은 안그러는 줄 알았더니……"

은희가 다소 민망한 듯 말꼬리를 흐렸다.

"일 년 새 그 버르쟁이가 어디로 가고 안그려. 그르지 말라고 암만 일러도 안들어. 멀쩡헌 가이당 놓아두고 그게 뭔 짓인가 몰라. 떨어지믄 어쩔라고."

"설마 떨어지기야 하겠어요? 얼마나 잘 내려오는데……"

"원생이도 낭구에서 떨어질 때가 있는 뱁이여. 언지 한번 뜨건 맛을 봐야 정신을 채리지."

"은수가 창문을 타고 내려오길 좋아해서요."

무슨 말인지 몰라 잠자코 있던 나에게 은희가 설명을 해주었다.

"은수는 왜 그렇게 제멋대로인지 모르겠어요. 광희가 없다면 학교와도 잘해나가지 못할 거예요."

"정상적으로 내려온다는 말보다 훨씬 낭만적으로 들리는데요."

뭔가 대꾸해야 될 것 같아 그렇게 한마디 거들자 은희가 입으로 가져가던 찻잔을 도로 내려놓으며 소리쳤다.

"아주머니도 이상주의자세요?"

"동생이 이상주의자라고 생각하시는군요?"

"물론이죠."

"이상주의가 뭣허는 것이여?"

할머니께서 궁금하신 듯 끼어드셨다.

"그건요 할머니, 이상하다는 뜻이에요. 이상하니까 이상주의라고 하지 안이상하면 누가 이상주의라고 하겠어요?"

말을 마친 은희와 내가 서로 마주 보고 웃자 아무래도 수상쩍다는 듯이 할머니께서 다시 물으셨다.

"시방 옳게 허는 소리여?"

"아뇨. 올케 하긴 누가 올케 해요? 새엄마 하려고 그러지."

"늙은이 놀리믄 못쓴다고 혔다."

우리는 함께 웃었다. 그리고 그것으로 이상주의에 대한 의문은 그럭저럭 사라지는 줄 알았다. 그러나 할머니께서 다시 한번 물으셨을 때 그 문제가 아직 해결되지 않았음을 깨닫게 되었다.

"그릏게 이상주의가 뭣허는 것이여? 문짝 타고 내리오는 것이여?"

"내려오기도 하고 올라가기도 하는 거예요."

"참말이여?"

"못미더우시면 나중에 광희한테 물어보세요."

"광희가 누구예요?"

같은 이름이 또 나오는 데다가 은희가 웃음을 참고 있는 것 같아 내가 한마디 거들어주자 반갑다는 듯 그녀는 나와 눈을 마주치더니 얼른 대답해주었다.

"은수 친구예요. 같은 과 복학생인데 은수하고는 좀

다르거든요. 그들이 어떻게 친구가 될 수 있었는지 이상하게 느껴질 때가 한두 번이 아니었어요."

"달르기는 뭣이 달러. 둘이 밥 먹음서 떠드는 것 보믄 그 코가 그 코드라."

"그거야 할머니가 워낙 반찬을 맛있게 해주시니까 그렇죠."

은희가 다시 한번 어리광을 부리자 할머니께서도 다시 한번 지론을 강조하셨다.

"늙은이 놀리믄 못쓴다고 혔다!"

제5장

작별

준호아빠의 산소는 그의 고향인 청도리의 낮은 산자락에 있었다. 차가 다니는 큰길에서는 가까운 편이었지만 마을에서는 조금 떨어진 곳으로 근처에 시댁에서 짓는 밭도 있었고 왼쪽으로 조금 돌아서 내려가면 후미진 곳에 약수터도 있었다. “마셔 봐. 얼마나 맛있는지……” 준호아빠를 따라 시댁에 처음으로 인사하러 갈 때 바위틈에 놓여 있던 호리병 모양의 바가지에 철철 넘치도록 물을 받아 내 앞에 내밀며 그가 그렇게 말했었다. 고향의 것이라면 흙덩이 하나까지도 세상에서 제일이라고 믿던 그의 순박함이 나를 감동시켰으며 말로만 듣던 시골과 드디어 관계를 맺게 된다는 사실이 내 마음을 몹시 설레게 했다. 그리고 안개가 피어오르던 산들 골짜기들…… “감이 익을 땐 정말 굉장해. 어떤 꽃나무도 그보다 예쁘진 않을 거야.”

"엄마, 큰집엔 언제 가?"

"아빠한테 들렀다가."

나는 준호한테 재배를 시키고 나서 시댁이 있는 마을로 내려갔다. 준호아빠와의 추억들이 더러 머리를 쳐들기도 하였지만 몹시 슬프다거나 뭐하지는 않았다. 그보다는 앞장서서 걸어가고 있는 준호의 뒷모습이 나를 슬프게 했다.

"준호 오는구나. 아이고, 내 새끼……"

시어머님께선 준호를 보자마자 눈물바람을 하셨다.

"준호 왔냐?"

마루 밑 토방에서 지푸라기를 손질하고 계시던 시아버님께서도 우리 쪽으로 다가오셨다. 나는 인사를 드리고 나서 가지고 간 선물을 전하였다.

"더워지면 입으세요. 여름 내의예요."

"느 살기도 힘들 텐디 뭣허로 사와. 후지는 기양 오니라."

아직 눈물을 채 거두지 못하신 목소리로 시어머님께서 말씀하셨다. 나는 거기 그냥 있기도 민망하고 또 뭔가 일할 거리를 찾기 위해 부엌으로 들어갔다. 어둡고 불편하고 파리가 윙윙거리던 부엌…… 그 부엌 바닥에 쪼그리고 앉아 나는 잠시 새끼줄로 감아놓은 부지깽이 손잡이만 만지작거리고 있었다. 처음으로 그 부엌에 들어가 아궁이

속에서 타오르던 잉걸불을 보았을 때 내 가슴은 얼마나 두근거렸던가. 너울거리던 불꽃…… 바작바작 타들어가던 장작…… 투명에 가까운 붉은 빛으로 남아 퍼런 불을 훌훌 뿜어내던 다 타버린 장작개비들…… 겹겹으로 싸인 장미꽃송이처럼 속속들이 타오르고는 이내 사라져버리던 솔방울들……

엄마의 이야기 속에 숨어 있던 멀고도 포근한 어떤 것이 갑자기 눈앞에 살아나는 것만 같았다. 내 마음의 밑둥에서 잠자고 있던 알 수 없는 향수가 오롯이 깨어나는 것만 같았다. 깨어나 불을 쬐며 다시 잠드는 것만 같았다. 그러나 그때에 나를 사로잡았던 그러한 것들은 단지 내가 그리워하던 것들의 극히 일부분에 지나지 않는다는 사실을 곧 깨달아야만 했다.

"동서 왔어?"

형님이 머리에 썼던 수건을 벗어서 털며 부엌으로 들어오셨다.

"저기서 누가 봤다고 하길래 고추밭에 좀 가려다가 도로 왔어."

"저 때문에 일이 밀리면 어떡해요?"

엉거주춤하게 일어서며 내가 말했다.

"그래저래 쉬어야지 언제 쉬어. 잘 왔어."

형님은 내 손을 꼭 쥐셨다. 그녀는 내 바로 위의 동서였지만 아주버님과 준호아빠 사이에 시누이가 셋이나 있었기 때문에 나와는 나이 차이가 많이 났다. 그래서 그런지 동서라기보다는 맏언니처럼 나에게 늘 다정하게 대해주셨다.

"아주버님은 어디 나가셨어요?"

"논에 갔어. 지게 진 인사가 논 아니면 밭이지 갈 데 있어?"

"준석이는요?"

준석이란 형님의 아들이었다.

"삼촌하고 어디 나갔나봐."

형님은 저녁 지을 준비를 하기 시작하셨다.

"저한테도 뭘 좀 시키세요."

"아이고, 내비두어. 하던 사람이나 하지 이런 데서 뭘 하겠어. 굿이나 보고 이따 밥이나 많이 먹어. 산 사람은 살아야지 얼굴이 그게 뭐야."

"껍질은 제가 벗길께요."

형님이 구석에서 감자를 꺼내시길래 내가 그렇게 말했다.

"그래 그럼. 그동안 나는 다른 걸 할께."

그래서 나는 울퉁불퉁한 부엌바닥에 물그릇을 끼고 앉아 반달처럼 닳아들어간 놋숟가락으로 햇감자 껍질을 벗겼다. 아직 표면이 마르지 않아 껍질은 잘 벗겨졌다.

"그나저나 이제 어떻게 살 거야?"

석유풍로 위에 밥솥을 얹어놓으며 형님이 물으셨다. 하지만 나는 뭐라고 대답해야 할지 몰라 계속 감자 껍질만 벗기고 있었다. 그랬더니 내 모습이 난처해 보였던지 이내 다른 얘기를 꺼내셨다.

"준호는 어딨어?"

"마당에 없었어요?"

"어머님이 데리고 나가셨나? 아이고, 저기 오네. 호랑이도 지 말하면 온다더니."

"엄마."

준호가 양손에 애호박을 들고 부엌으로 들어오며 의기양양하게 말했다.

"이거 내가 땄어."

그는 자연의 품속에서 호박을 직접 꺼내온 것이 신기하고도 자랑스러운 모양이었다. 저녁일을 모두 마치고 자리에 누웠을 때 그는 또 이렇게 묻기도 했다.

"된장잠자리는 된장만 먹어?"

아마 낮에 본 잠자리를 생각하고 있는 것 같았다. 그래서 내가 "짜서 어떻게 된장만 먹어? 상치에 싸서 먹겠지."라고 대답해주었더니 제 생각에도 좀 우스운지 씩 웃고는 금세 잠들어버렸다.

형님도 잠에 취한 목소리로 "동서는 안자?" 하고 돌아누우시더니 이내 잠들어버리고 건넌방에서 들려오던 아주버님과 도련님과 준석이의 낮은 이야기 소리도 끊어지고 바로 옆에 붙어 있던 안방에선 시어머님의 고른 숨소리와 시아버님의 코 고는 소리가 간간이 들려오고…… 조금 전까지만 해도 그래저래 부산하던 집 전체가 모두 잠속으로 빠져들었다. 하지만 웬일인지 나는 도무지 잠을 이룰 수가 없었다. 어쩌면 마지막이 될지도 모르는 그들과의 밤이라고 생각은 하고 있었지만 잠을 이루지 못할 정도로 아쉽다거나 괴로운 것은 아니었다. 그러나 영 잠이 오지 않았다.

얼마나 시간이 흘렀을까. 창호지 문틈으로 달빛이 새어들어와 어지간히 때가 낀 천정과 벽과 벽에 걸린 옷가지들을 비추었다.

"코 끄트리가 그롷게 날람혀갖고 팔짜가 순탄허믄 이상허지. 즈 오래비 잡어먹고 친정오매 잡어먹고 그것도 모지래서 서방까장 잡어먹어? 윤철이가 처삼으 데리꼬 왔을 때부터 맘으 걸리고 걸리고 허드마는…… 시상으 약질인 디다가 어디 한 간디 복 붙은 디가 있으야지. 준호까장 지 에미만 타겨갖고…… 그게 어디 죽 한 모금이나 얻어먹은 얼굴이여?"

잠이 깨셨는지 시어머님께서 뒤척이시며 푸념을 하셨다. 그러자 시아버님께서 핀잔을 주셨다.

"윤철이 그릏게 된 것허고 가 생긴 것허고 뭔 상관이 있다고 그려?"

"상관이 있지 그러믄."

"있기는 뭣이 있어. 지 명이 그 백이지."

"그리도 이것저것 다 맞춰보고 개려서 혼인을 혔어야 허는 것인디, 지 맘 대로 아무케나 그게 뭔 짓이여. 우리 윤철이가 원래 정신 빠치고 그럴 아가 아닌디 암만혀도 뭣이 씌였든개비여. 뭣이 씌여도 되게 씌였든개비여. 내가 끝까장 말겼어야 허는 것인디……"

"씌기는 뭣이 씌였다고 그리여. 구시렁거리지 말고 잠이나 자. 날 샐라믄 아직 멀었응게."

"못된 자석! 다랑논 팔어감서 대학까장 갈쳐놓게 부모 가심으 못질허고 그릏게 가? 지 차 없으믄 말지 뭣허로 넘으 차는 끌코 가서 생목숨을 끊어 끊기를……"

"아, 구시렁거리지 말고 잠이나 자. 옆으 사람까장 잠 못장게."

나는 전에도 여러 차례 나의 생김새를 두고 팔자 운운하시는 시어머님의 푸념을 들은 적이 있었기 때문에 이번에도 역시 그저 그런 넋두리겠거니, 하고 흘려버리려 하였으나 뜻밖에도 우리 엄마와 오빠의 죽음까지 들먹거리는 바람에 정신이 선뜩하여 그동안 나를 둘러싸고 일어났던 끔찍한 일들에 대해 두렵지만 생각해보지 않을 수 없었다.

도대체 나의 무엇이 그들을 죽게 했단 말인가. 오래전에 돌아가신 엄마와 오빠, 그리고 최근에 세상을 떠난 준호아빠. 그들은 모두 나와 가장 가까운 사람들이었으나 나와는 아무런 상관없이 각자의 죽음의 문을 두드렸던 것이다. 나는 그들의 죽음을 바란 적도 없거니와 내가 그들을 죽일 수 있다고 생각해본 적 또한 없었다. 없었을 뿐더러 그들의 죽음이 오히려 나를 번번이 쓰러뜨리곤 했다. 그런데도 시어머님께선 내가 그들을 죽였다고 말씀하신다. 아니 '잡아먹었다'고 말씀하신다. 그것이 단지 준호아빠에게만 관련된 문제라면 아들을 앞세운 어머니의 통한이라 여기고 그냥저냥 잊어버릴 수도 있을 것이다. 혹은 잊어버리려 할 것이다. 그러나 내가 우리 엄마와 오빠까지 '잡아먹었다'는 것이다. 그들을 잃고 세상에 홀로 버려졌을 때의 공포와 고독과 절망을 조금이라도 따뜻하게 이해하려는 사람이라면 결코 그런 말을 하지 못할 것이다. 설령 그러한 생각이 들었다 할지라도 입 밖으로 내뱉지는 못할 것이다.

달빛이 희미하게 기울어지던 그 새벽, 나는 차가운 인정과 배신에 떨며 내가 깨어 있다는 사실을 눈치채이지 않으려고 꼼짝달싹도 못 한 채 날이 새기만을 기다렸다.

그날 오후는 날씨가 몹시 흐렸다. 습기를 잔뜩 품은 바람이 마당가에 서 있던 감나무 가지를 마구 흔들었고 구름은 산중턱까지 내려와 잃어버린 물건이라도 찾는 듯이 스멀스멀 기어다니고 있었다.

"쏟아지기 전으 어서 가그라. 우산 잘 챙기고……"

감자며 마늘 상치 아욱 등 여러 가지 푸성귀들을 챙겨 주시며 시어머님께서 서두르셨다.

"못비가 오기는 와야 허지만 느덜 집으 들으갈 때까장은 참었으믄 쓰겄다."

시시각각으로 구름이 묻어나 윤곽이 이미 흐지부지되고 있던 산들을 쳐다보시며 시아버님께서도 걱정스런 표정으로 말씀하셨다.

"이건 제가 들어다 드릴께요."

도련님이 푸성귀 보따리를 집어들더니 한 발 앞서 집을 나섰다.

"어서 가."

시어머님께서 어서 가라고 손짓을 하시며 또 눈물바람을 하셨다. 당신 설움에 그러신다는 걸 너무나 잘 느낄 수 있었다. 당신의 아들이 아니라 내가 죽었더라면 몇 방울의 눈물을 흘려주실까. 나는 준호아빠와 바꾸어 죽지 않고 멀쩡히 살아 숨쉬고 있다는 점에 대해서 미안해하지 않으면 안 될 형편이었다. 하지만 삶은 형편이야 어떻든간에 살아남은 자들에 의해 이어진다. 시어머님도 나도 살아남았으므로 어떻게든 살아가게 되는 것이다. 나는 모두에게 일일이 인사를 드리고 나서 담쟁이넝쿨로 뒤덮인 낮은 돌담을 돌아 가장자리에 억새풀이며 바랭이풀들이 자라고 있던 길을 따라 버스 타는 곳으로 갔다.

"엄마, 준석이형이 잡아줬어. 소금쟁이래."

준호는 연두색의 조그만 소금쟁이를 나에게 구경시켜주고 나서 또다시 길가 풀밭에 엎드렸다.

"형수님, 괜찮으세요?"

도련님이 나에게 조용히 물었다. 하지만 나는 뭐라고 마땅히 대답할 말이 없어 그냥 웃었다. 그러고 보니 그즈음 청도리에서 웃어보기는 그때가 처음이었던 것 같다.

윤영이도련님은 내가 그를 처음 보았던 초등학교 때부터 나와는 제법 친숙한 사이였다. 그래봤자 일 년에 두어 번 방학 때 전주에 오면 숙제를 함께 한다거나 국어책을 함께 읽는다거나 하는 게 고작이었지만 어느 해 가을이던가 연필로 또박또박 적어 편지를 보내온 그날 이후로 우리는 일종의 정신적인 우애 같은 것을 느끼게 되었다. 물론 그렇다고 해서 따로이 무슨 얘길 한다거나 특별히 뭐 하지는 않았다. 다른 가족들과 마찬가지로 만나면 인사하고 같이 밥 먹고 뭐 그저 그랬다. 그가 워낙 말수가 적은 편이기도 했고 또 사실 할 얘기도 없었다. 그러나 더러 의미 있는 몇 마디의 말, 몇 순간의 우호적인 눈빛만으로도 그래저래 시달리던 나에게는 크나큰 위로가 되었다.

그러던 것이 그가 대학교에 들어가고 학비를 모두 우리가 부담하게 되면서부터 어쩐지 서먹서먹한 관계가 되어갔다. 나로서야 솔직히 경제적인 어려움이 없는 건 아니었으나 그런 문제를 놓고 이렇다 저렇다 내색을 해본 적은 한 번도 없었다. 내색은커녕 그에게 공연히 정신적인 부채를 안겨주게 될까 저어되어 가능하다면 나는 모르는 일로 해두고 싶은 심정이었다. 그런데도 도련님 쪽에서 왠지 자꾸 뒷걸음질을 치는 것만 같았다. 대학교가 같은 전주에 있는데도 우리 집에 자주 들르지도 않고 우리 집에서 그럭저럭 다니라고 해도 마다하고 불편한 버스통학을 고집하였다. 물론 내가 힘들까 봐 그랬는지도 모른다. 아마 그랬을 것이다. 혹은 준호아빠가 그에게 뭔가 기분 상하는 말이라도 했던 게 아닐까? 아니 그렇지 않을 것이다. 결코 그러지 않았기를 진심으로 바란다.

어찌됐건 나로서야 자세한 내막까지 알 수는 없었고

왠지 서먹서먹해졌다고만 느끼고 있었다. 하지만 그건 단지 나 혼자만의 느낌이었을 뿐 도련님으로선 그저 이제는 더 이상 나와 함께 할 만한 방학숙제도 없고 나와 함께 읽을 만한 국어책도 없고 해서 별 생각 없이 그랬었는지도 모른다. 어쨌든 그는 그럭저럭 대학생이 되어갔고 두 학기도 채 마치지 못한 상태에서 준호아빠가 그렇게 되고 말았다. 그러자 내가 안 돼 보였던지 아니면 학비와 관련된 부담스런 감정들이 사라졌기 때문인지 아니면 국어책에 함께 읽을 만한 것이 나오지 않더라도 잘 지내는 게 좋겠다고 생각했기 때문인지 예전처럼 나에게 친숙한 시선을 보내주었다. 그래봤자 역시 따로이 무슨 얘길 한다거나 특별히 뭐가 달라지거나 하지는 않았지만 말이다.

개구리 소리가 유난히도 크게 들려왔다.

"도련님, 잘 있어요."

버스가 저 아래서 올라오는 것이 보이길래 내가 말했다. 그러자 그는 아무 말 없이 길가에 놓아두었던 푸성귀 보따리를 들더니 준호를 불렀다.

버스는 준호가 소금쟁이를 풀밭에 놓아주며 "안녕!"이라고 말하기가 무섭게 우리 앞에 와서 멈춰 섰다. 그리고 도련님이 발판에 보따리를 올려놓아주기가 무섭게 출발하였다.

제6장

고구마꽃

"비 오면 소금쟁이는 어디로 가?"

빗방울이 하나 둘 부딪혀 흘러내리는 차창을 보며 준호가 나에게 물었다.

"집으로 가겠지."

"소금쟁이도 집 있어?"

"그럼."

대답은 자신있게 했지만 소금쟁이에게도 비를 그을 만한 집이 있는지 없는지 나도 잘 알지 못했다. 그러나 준호에게 안겨질 엄청난 근심을 쫓아주어야 했기 때문에 아는 척하지 않을 수 없었다.

전주에 가까워지면서부터 빗방울이 점점 많아지는가 싶더니 버스에서 내리자마자 마구 쏟아지기 시작하여 우산을 받았음에도 준호와 나는 비에 흠뻑 젖어서 돌아왔다. 그래서 나는 준호가 감기에 걸릴까 봐 따뜻한 물로

씻겨 재워놓고 보일러실에 들어가 연탄 아궁이의 불구멍을 조금 더 열어놓았다.

비는 밤새도록 그칠 새 없이 내리더니 새벽녘이 되어서야 겨우 멎었다.

"아프면 선생님한테 말씀드리고 집으로 와."

현관에서 준호에게 책가방을 메어주며 내가 말했다. 걱정했던 대로 준호의 이마가 꽤 뜨거웠던 것이다.

"왜?"

"왜는 무슨 왜야. 병원에 가려고 그러지."

"나 안 아퍼."

"주사 맞기 싫어서 그래?"

그럭저럭 준호를 학교에 보내놓고 나서 설거지며 빨래 청소 등 아침일을 대강 마친 다음 나는 비좁은 베란다에 신문지를 깔아놓고 전날 청도리에서 가지고 온 푸성귀들을 따로따로 가려 다듬었다. 모두 얼마나 탐스럽고 싱싱한지 먹기조차 아까울 지경이었다. 그리고 무엇보다도 밭에서 허리 구부리고 땀 흘리며 가꾸신 형님께 고맙고 죄송한 마음이 앞섰다.

"아욱꽃이 무슨 색인지 알아?"

엄마를 도와 아욱을 다듬고 있던 나에게 준호아빠가

물은 적이 있었다. 내가 그와 결혼하게 되리라고는 상상조차 해보지 않았던 시절의 일이었다. 그는 단지 시골에서 올라와 자취하고 있던 '구석방' 대학생이었고 우리는 그보다는 조금 낫다고 할 수 있는 '넷째방' 사람들에 불과했었다. 하지만 어렵게 공부하는 그의 처지를 딱하게 여기신 엄마가 그를 불러 함께 식사를 한다거나 뭔가 색다른 음식이라도 하게 되면 주고 싶어 하셨기 때문에 그런저런 일들에 관한 한 유일한 심부름꾼이었던 나는 자연 그와 가까이 지내게 되었던 것이다. 그 당시 우리 모두는 '구석방'이건 '넷째방'이건 그게 그것인 다세대 판잣집에서 외눈박이 창문에 사시사철 녹슨 철사 모기장을 붙여놓고 온갖 종류의 사람들이 오가는 질척한 골목길을 향해 스크럼을 짜듯 다닥다닥 붙어 살고 있었다.

"아욱도 꽃이 있어요?"

"그럼. 꽃 없는 게 어디 있어."

"무슨 색인데요?"

"맞혀봐."

"노랑색요?"

"아니."

"보라색?"

"아니."

"그럼 무슨 색이에요?"

"연분홍색."

"연분홍…… 정말 예쁘겠네요……?"

"예쁘지. 그런데 그 꽃이 어디에 피는지 알아?"

"줄기에 피겠죠. 아니면 꽃대가 나오나요?"

"겨드랑이에 피어."

"겨드랑이요? 아욱도 겨드랑이가 있어요?"

초인종이 울렸다. 나는 아욱 다듬던 손을 멈추지 않은 채 누구냐고 건성으로 물었다. 그런데 뜻밖에도 시아버님의 목소리가 들렸다.

"웬일이세요?"

현관문을 열며 내가 말했다.

"느 오매허고 같이 올라고 혔는디 식구대로 고고마순 놓아야 쓰게 생겨서 혼차 왔다. 땅으 물들었을 때 놓아야 뿌랭이가 쉽게 내링게."

"무슨 일 있으세요?"

어제 헤어졌는데 무슨 일일까, 하고 생각하지 않을 수 없었다.

"일이사 뭔 일이 있겄냐마는, 너 보내고 난 뒤에사 생각이 났다고 느 오매가 밤새드락 고시랑거리다가 새복으

비 끄침서부터 수선을 조매 떨었다."

보자기로 싸서 들고 오신 울퉁불퉁한 보따리를 나에게 넘겨주시며 시아버님께서 말씀하셨다. 정말 시어머님의 발상에서 비롯된 일이라고는 믿어지지 않았으나 이러니 저러니 시비를 가릴 생각은 추호도 없었다. 없었을뿐더러 공연히 나 때문에 시아버님께서 무슨 언짢은 일이나 당하지 않으셨나, 하고 걱정이 되었다.

"약빙아리 두 마리허고 인삼 몇 뿌랭이 캔 것이여. 다 시쳤응게 솥이다 늫고 끓이기만 허믄 된다고 허드라."

내가 보따리를 끄르자 시아버님께서 설명을 하셨다. 그 모든 것들을 다듬고 씻고 챙기셨을 형님께 또다시 고맙고 죄송스런 마음이 앞섰다.

"아직 인삼 캘 때도 안됐는데……"

"캘 때가 따니로 있다냐? 쓸 디 있어서 캐믄 그게 캘 때지."

보자기 안에는 그 외에도 물병이 두 개나 들어 있었다.

"약숫물이여. 기왕이믄 좋은 물 늫고 고아야 약이 되지. 오는 질이 조매 받어왔다."

"……"

나는 뭐라고 고마움을 표시하고 싶었으나 선뜻 말이 나오지 않아 공연히 인삼 뿌리만 만지작거리고 있었다.

그러자 시아버님께서 말을 이으셨다.

“준호 봐서 기운 채리야지 아프믄 너만 고생이여.”

“아버님이나 해드리지……”

“나사 살 만큼 산 사람인디 뭣헐라고 이것 저것 자꼬 먹는다냐.”

“무슨 그런 말씀을……”

듣고 있기 민망하여 내가 그렇게 말하자 시아버님께선 일을 다 마치셨다는 듯 자리를 털고 일어나셨다.

“나는 인자 갈란다.”

“아버님, 진지 드릴까요? 여기 오시느라고 아침도 제대로 못 드셨을 텐데.”

“아니다, 밥은 무신. 고고마밭이 가서 조매라도 거들으야지.”

“준호 오면 같이 점심 드시고 가세요.”

“곧 오가디?”

“그럼요. 조금 있으면 올 거예요.”

“그러믄, 그러끄나?”

나는 점심을 새로 지을 동안 시아버님께서 편히 쉬실 수 있도록 안방에 자리를 깔아드렸다. 수척하신 몸에 어느 해 생신엔가 내가 사다 드린 엷은 바둑무늬 남방셔츠를 입으신 채로 시아버님께선 금세 잠이 드셨다. 지난밤에 거의 못 주무신 게 아닐까, 하는 생각이 들었다. 그래서 나는 이런저런 소리에 깨지 않으시도록 안방문을 닫아 놓고 나서 서둘러 쌀부터 씻었다.

날씨는 언제 그랬느냐 싶게 맑게 개어 베란다 밖으로 파란 하늘이 보였다. 고구마순이 타죽으면 어쩌나 하고 속으로 걱정이 되었다. 그리고 청도리에서 고구마꽃을 처음 보았을 때의 느낌이 새삼스럽게 떠올랐다. 이파리로 뒤덮인 검푸른 밭이랑에 드문드문 피어 있던 분홍색 조그만 꽃! 그들은 마치 일상에 감추어진 기쁨이나 슬픔처럼 너무도 자잘하게 피어 있어 멀리서 보면 있는지 없는지 잘 보이지도 않았다.

"아버님, 이거 넣어두세요."

밥상을 물리신 시아버님께 수표가 든 봉투를 드리며 내가 말했다. 엊그제 청도리에 갈 때 가지고 갈까 하다가 결혼 날짜가 확실하게 정해진 뒤에 드리는 게 좋을 것 같아 그냥 가지고 있었는데, 언제 드리든 무슨 차이가 있으랴 싶어 조용한 기회가 온 김에 드리기로 하였다.

"이게 뭣이다냐?"

"준호아빠 퇴직금이에요. 얼마 되진 않지만 도련님 학비로 쓰세요."

나는 적지 않은 도련님의 학비와 농사비용 등이 마음에 걸려 그렇게 하지 않을 수 없었다. 그리고 다랑논 운운하시던 시어머님의 푸념 또한 마음에 걸렸다.

"이리저리 주어버리믄 너는 어뜮게 살을라고 그려? 이 집도 느 것이 아니담서."

"제게도 남겨두었어요. 보험금을 조금 받았거든요. 그리고 전 아무래도……"

내가 쉽게 말을 잇지 못하자 시아버님께서 얼른 눈치를 채셨다. 말 꺼내기가 거역스러워 영 입이 떨어지지 않았으나 하루라도 빨리 말씀드리는 편이 오히려 나을 것 같아 어렵지만 운을 떼었던 것이다.

"어디 가 살드라도 니 수중으 돈이 있으야 뒷심이 짱짱허지. 준호가 인자사 야답 살인디 앞으로 뭔 일이 생길지 누가 알겄냐. 윤영이 월사금이사 군인 갔다 올 도막으 뫼믄 됭게 우리 걱정은 말고 늫으두어."

시아버님은 나에게 봉투를 돌려주셨다.

"아녜요, 아버님. 전 나머지로도 충분해요."

마음대로라면 보험금까지 모두 드리고 싶었으나 아무래도 나 자신을 위해 적으나마 남겨두지 않을 수 없었다.

"행편이 넉넉험사 보태주어도 시연찮은 판국인디 어쩌자고 내가 이 돈을 받겄냐."

시아버님께서 한사코 받지 않으려고 하시는 바람에 수없이 간청을 드린 뒤에야 나는 겨우 그 돈을 드릴 수 있었다.

"뭔 일 있으믄 기별허고, 아주 발 막지 말고 한 번씩 오니라."

현관을 나서시며 시아버님께서 말씀하셨다. 그리고는 준호의 머리를 쓰다듬으시더니 어디서 꺼내셨는지 꼬깃꼬깃한 오천 원짜리 지폐 한 장을 그의 손에 쥐어주셨다.

제7장

나뭇잎 편지

결혼식은 덕진에 있는 그의 집에서 그와 그의 가족들과 나와 준호 그리고 가장 가까운 몇몇 사람들만 모여서 의식을 치른 후에 점심을 함께 하는 것으로 계획되어졌다.

그는 내가 원한다면 아무리 호화로운 결혼식이라 해도 마다하지 않을 기세였으나 준호아빠의 상복을 겨우 벗은 나로서는 모든 것을 조용히 소리없이 치르고 싶었던 것이다. 실은 좀 더 시간을 두고 천천히 마음을 정리해가면서 그와 결혼한다는 사실에 어느 정도 익숙해진 다음 결혼하고 싶었으나 집안 살림이니 뭐니 현실적인 이유를 들어가며 그가 하도 서두르는 바람에 무턱대고 내 고집만 세울 수도 없었다.

"느 친정으 사람이 한 명만 있어도 쓰겄는디."

결혼식을 며칠 앞두고 그래저래 전주에 오신 시아버님

께서 난감한 표정을 지으시며 그렇게 말씀하셨다.

엄마가 살아 계시다면 얼마나 좋을까, 하고 나는 생각하였다. 엄마에 대한 생각이야 어느 하루도 머릿속에서 떠난 적이 없었으나 신변에 무슨 일이라도 있게 되면 더욱 사무치게 그리워지는 것이었다. 그리고 시간이 흐르면 흐를수록 슬픔은 점점 더 깊어졌다.

어느 날 새벽, 신문 배달하러 나갔던 오빠가 차에 치어 갑자기 숨졌을 때, 아니 숨진 채로 발견되었을 때 엄마의 생명 또한 사실상 끝나버린 것이나 마찬가지였다. 초등학교에 입학한 후로 그렇게 떠나버린 고등학교 3학년 때까지 단 한 번도 수석을 놓쳐본 일이 없었던 오빠. 나에게도 하나뿐이었던 그 오빠는 엄마에게 있어서는 불운했던 청춘에 대한 보상이었으며 가난과 고립 속에서 목숨처럼 움켜잡고 있던 오직 하나의 부목이었다. 그러므로 오빠가 사라진다는 것은 곧 엄마의 침몰을 의미하는 것이었다. 지금 생각해보면 너무나도 분명한 그러한 사실들을 그때는 도무지 깨닫지 못한 채로 그저 슬프기만 했다. 엄마가 혼잣말을 하시듯 "나는 운이 좋았었어. 늘 나쁘다고만 생각했었는데 실은 그게 아니었어."라고 두 번 세 번 말씀하실 때에도 나는 그저 슬프고 혼란스러웠을 뿐 다가올 그 무언가에 대해서는 아무것도 감지하지 못하고 있었던 것이다.

"고통은 전혀 없었을 거래, 엄마. 순간적이었으니까."

"그래……"

엄마는 넋이 빠져버린 사람처럼 무감각하게 대꾸하셨다. 그저 멍하니 누워서 중얼중얼하실 뿐 뺑소니 운전사를 찾을 생각도 이웃들의 따뜻한 위로에 감사할 생각도 전혀 없으신 것 같았다. 낮이면 김밥을 말고 밤이면 땅콩이며 오징어채 등 마른 안주를 포장하곤 하시던 옆방 기찬이네 엄마가 쑤어 온 녹두죽조차 거들떠보지 않으셨으니 말이다. 평소의 엄마였다면 절대로 그러지 않으셨을 것이다. 적어도 그렇게까지 무심한 표정을 지으시지는 않으셨을 것이다. 요컨대 엄마의 관심을 끌 만한 일이란 이 세상에 아무것도 없었던 것이다.

"오빠 대신 내가 죽었더라면 좋았을걸."

나는 여러 면에서 오빠보다 못하다고 느끼고 있었을뿐더러 조용하고 침착하고 그러면서도 다정하던 오빠를 마음 깊이 좋아하고 또 존경하고 있었으므로 진심으로 그렇게 말했다. 정말 그리 되었더라면 엄마가 지금보다는 덜 괴로워하지 않으실까, 하는 생각이 들었기 때문이다. 나는 왜 누군가를 대신해서 죽지 못한 점에 대해 미안해하지 않으면 안되는 상황에 자꾸 얽혀드는 것인지 정말 알 수 없는 일이다. 어쨌든 내가 그렇게 말하자 엄마는 내 쪽으로 시선을 돌리시더니 정신을 집중시키려고 노력하시는 듯 눈을 한 번 크게 떴다 감았다 다시 뜨시며 다소 떨리는 목소리로 말씀하셨다. 아마 내 말에 자극을 받으신 것 같았다. 하지만 엄마를 완전히 깨울 정도의 자극은 되지 못하였다.

"그래…… 네가 있었지…… 난 아직도 운이 좋구나……"

말씀은 그렇게 하셨지만 엄마의 얼굴은 전혀 운 좋은 사람의 얼굴 같지 않았다.

그리고 나서 6개월 후 엄마는 나에게 아무도 남겨놓지 않으신 채 서두르듯 총총히 세상을 떠나시고 말았다. 혼수상태에 계시던 마지막 며칠 동안 없는 오빠만 자꾸 찾으시며 아침밥이라도 먹고 가야지 밥도 안 먹고 가기는 어딜 가느냐고 여러 차례 헛소리를 하시더니 나중엔 마치 내 옆에 오빠가 앉아 있기라도 한 것처럼 나와 내 옆을 번갈아 보시며 겨우 알아들을 수 있는 목소리로 이렇게 말씀하시는 것이었다.

"없는 듯이 살려고 했다. 그것만이 인간답게 사는 길이었어. 하지만 너희들에게……"

뭔가 꼭 할 말이 있는 것 같았으나 엄마는 말을 다 마치지도 못하신 채 다시 혼수상태에 빠져 그길로 깨어나지 못하시고 끝내 눈을 감으셨다. 우리에게 말하려고 했던 것이 무엇이었는지 그런 건 아무래도 좋았다. 당시 열일곱 살밖에 되지 않았던 나는 연거푸 들이닥친 죽음과 고독과 공포로 부들부들 떨며 이제 내 차례가 되었구나 싶어 이를 악물고 침착하게 기다렸다. 물론 죽음을 기다렸던 것이다. 그러나 죽음은 그렇게 호락호락하지 않았다. 갑자기 무슨 다급한 볼일이라도 있는 것처럼 어디론가 훌쩍 자취를 감추어버리더니 나 같은 팽개쳐진 존재 따위는 아예 잊어버린 듯 오랫동안 아무런 연락이 없었다. 어설픈 방법이었지만 내 쪽에서 두 번이나 신호를 보냈는데도 끝내 연락이 되지 않고 말았다. 그러다가 내가 더 이상 찾지도 기다리지도 않게 되자 "천만에, 잊지 않았어." 라고나 하는 듯이 불쑥 나타나 순식간에 준호아빠를 데려간 것이었다. 기다릴 때 나타나 나를 데려갔더라면 모두에게 좋았을 것을. 그러나 선택권은 전적으로 그에게 있었다. 그렇지만 이번에는 나 역시 운이 좋은 편이었다. 준호가 있었으니까. 고백하지만 내가 겪은 세 번의 죽음 중에서 이번의 타격이 가장 가벼웠다. 혈육이 아니라서일까. 아니면 그동안 나이를 먹어서일까. 아니면 두 번의 백신으로 저항력이 생긴 것일까.

"암만혀도 내가 갈 자리가 아닌디 어찌얄랑가 모르겄

다. 너 혼차 달랑 가기도 고단헌 일이고."

"준호랑 같이 가는걸요. 제 걱정은 마시고 아버님은 그냥 계세요."

"그려도 사람이 그러믄 쓴다냐?"

나는 시어머님께서 나의 재혼을 얼마나 못마땅해 하시는지 너무나 잘 알고 있었다. 느낌만으로도 충분히 알고 있었는데, 어느 날 나에게 전화를 걸어 그럴 수가 있냐느니 화냥기가 어떻다느니 어디 얼마나 잘 사는지 한 번 두고 보자느니 뭐니 해가며 한바탕 퍼붓기까지 하셨던 것이다. 그래서 나는 공연히 나로 인하여 두 분 사이에 불화가 생기지나 않을까 저어되어 차라리 모른 척해주시길 바랐으나 시아버님의 입장으로선 그러시기도 쉽지 않은 것 같았다.

"어머님은 뭐라고 하세요?"

"왜, 뭐라고 허디야?"

"아뇨."

"느 오매사 노상 고시랑거리는 사람잉게 그런 종 알고 맘 쓸 것 없다."

"……"

"섭섭은 허다마는 나 죽으믄 물 떠놀 손자는 어채피 준석이고 너도 마땅헌 자리가 노상 나서는 것도 아니고 헝게 걱정 말고 가서 잘 살그라."

"……"

"윤철이 지사는 준호 장성허믄 그때 가지가고."

"죄송해요. 전 늘 걱정만 끼쳐드리는 것 같아요."

"아니다. 니가 무신…… 그나지나 거그가 어디라고 혔지?"

"제 걱정은 마시고 아버님 편하실 대로 하세요. 저야 어차피 이것 저것 다 챙길 처지도 못되는걸요."

"그려도 그런 것이 아니다. 일가친척이라고는 우리 백잉게 우리가 친정 대신인디 그릏게 돈단무심허믄 쓴다냐? 조매 버석거리는 자리기는 혀도 느 오매가 간다믄 같이 가고 안간다믄 혼차라도 나는 꼭 가마."

나는 시아버님께서 당신의 처지보다도 내 처지를 우선 생각해주시는 점이 무엇보다 고마웠다. 설령 그날 오시지 않는다 하더라도 진심은 이미 도착되어 있었던 것이다.

"거그가 어디라고?"

시아버님께서 재차 물으셨다. 그래 내가 시아버님 혼자서 집 찾으시기도 번거로우실 것 같고 이래저래 어색하실 것도 같아 아침나절에 우리 집으로 오시라고 말씀드렸더니 마음이 놓이시는지 매우 좋아하셨다.

"그려도 되끄나?"

"그럼요. 저도 여기서 바로 갈 거예요."

"그러믄 내가 조매 일찍 오마."

약속하신 대로 시아버님께선 그날 아침나절에 일찌감치 우리 집으로 오셨다. 얇은 명주 두루마기에 여름용 중절모까지 쓰시고 역시 혼자서 오셨다.

"느 오매도 같이 올라고 혔는디 느닷없이 배탈이 나서 혼차 왔다."

그 말씀이 사실이 아니란 걸 짐작하기란 그리 어려운 일이 아니었으나 나는 시아버님의 말씀을 그대로 믿기로 하였다.

"그리고 이것은 내가 주는 것잉게 눟으두고, 이것은 윤영이가 너한티 전혀돌라고 허드라."

저고리 주머니에서 봉투 두 개를 꺼내주시며 시아버님께서 그렇게 말씀하시길래 보나마나 축의금일 것 같아 하나는 사양하고 도련님이 주었다는 봉투만 받으려 하였으나 그러면 안 된다고 하시며 워낙 강경한 태도를 보이시는 바람에 받지 않을 수 없었다. 도련님이 보낸 봉투 속엔 편지가 들어 있었는데 유난히도 크고 예쁜 나뭇잎에 결혼을 축하한다는 내용의 간단한 사연이 적혀 있었다. 눌러놓은 지 얼마 되지 않은 듯 꼭지 부분이 아직도 축축하던 그 이파리는 언젠가 어린 시절에 보내왔던 편지만큼

이나 아니 그보다도 훨씬 더 나를 감동시켰다.

나는 시아버님께 차를 한 잔 드린 후에 준호에게 새로 산 양복을 입히고 나서 꼼꼼히 화장을 하고 공들여 머리를 빗어 올렸다. 그리고는 잘 올려졌는지 확인하기 위해 손거울을 머리 뒤에 대고 큰 거울 속으로 뒷모습을 비춰본 다음 새로 지은 한복을 입었다. 초혼도 아니고 서양식 웨딩드레스도 아니고 해서 색깔 있는 한복으로 할까 하는 생각도 들었으나 그래도 어쩐지 흰색으로 하고 싶어 그렇게 했다. 한복은 근처에 있는 한복집에서 예복으로 특별히 맞추었는데 아주 예쁘게 잘 만들어진 것 같았다. 같은 흰색 실로 드문드문 수놓아진 커다란 장미꽃도 아주 잘 어울렸다. 평생 한복 바느질을 하셨던 엄마가 보신다면 뭐라고 하실까…… 엄마도 아주 예쁘게 잘 만들어졌다고 하실까…… 하는 생각이 들었다.

실은 아침부터 쓸데없는 감상이 자꾸 따라붙어 공연히 울적해질 뻔하다가 윤영이도련님의 나뭇잎 편지로 하마터면 눈물까지 쏟을 뻔하였으나 거울을 보고 또 보아가며 구름 같은 새 옷을 차례차례 차려입는 사이에 나도 모르게 기분이 호전되어 나중엔 거울 속의 나 자신에게 미소를 지어보일 수 있게까지 되었다. 새 옷을 입음으로 해서 기분이 좋아진다는 것, 웬만한 슬픔이나 눈물 따위는 잊어버릴 정도로 흥분된다는 것, 생각해보면 그것은 참으로 유치하기 짝이 없는 현상 같지만 솔직히 말해서 사실이 그러했다. 뭐 어쨌거나 마음이 가벼워졌으니 그것으로 좋았다. 치장을 모두 마치고 집을 나서기에 앞서 시아버님께 작별의 절을 올릴 때에도 아직 짐을 옮기지는 않았으나 머지않아 비우게 될 집안을 구석구석 눈여겨 둘러볼 때에도 자칫 따라붙을 법한 그 쓸데없는 감상이니 뭐니가 따라붙지 않았으니 말이다.

제8장

열 살배기와 스무 살배기

덕진에서의 처음 며칠 동안은 준호를 가까운 학교로 전학시키고 새 학교에 적응할 수 있도록 도와주느라 다른 일에는 거의 관심을 기울일 수가 없었다. 전입신고니 뭐니 하는 일들도 마무리가 되고 준호가 그런대로 안정을 찾는 것을 보고 나서야 겨우 집안을 정리하기 시작하였다.

하루는 아래층에 있던 내 방을 정리하다 말고 좀 쉬고 있었는데 은수가 들어오며 어디 아프냐고 물었다. 소파에 주저앉아 있는 모양이 그런 의구심을 불러일으킨 것 같았다. 하지만 나는 물론 아프지 않았다. 다행히도 늘 건강하였던 것이다. 어쨌든 나는 아니라고 대답하며 몸을 일으켰다. 그러자 은수가 "잠깐만요."라고 말하며 뒤로 물러서더니 두 손을 눈에 대고 사진 찍는 시늉을 했다. 물론 찰칵 소리를 내는 것도 잊지 않았다.

"뭐하는 거야?"

"한 장 더."

그는 손가락을 다시 조절하더니 이번에는 스르륵 소리를 냈다.

"이건 자동카메라거든요. 어떤 게 더 잘 나오는지 보려구요."

그는 어린애 같은 미소를 짓고 있었다. 그래서 나도 시치미를 떼기로 했다.

"사진은 언제 나와?"

핀이 흘러내려 조금 느슨해진 머리를 만지며 가짜 사진사에게 내가 물었다.

"언제쯤 보고 싶으세요?"

"빠를수록 좋아."

"그런데 어쩌죠?"

"왜, 뭐가 잘못됐어?"

"깜빡 잊고 필름을 제 머릿속에 넣고 찍었어요."

"꺼내지 뭐."

"안돼요, 그건."

"왜?"

"빛이 들어가면 버리니까요."

"그럼 밤에 은수가 잠들면 내가 꺼낼께. 내 사진이

니까."

"아녜요, 새엄마. 그건 제 꺼예요. 제가 찍었으니까."

은수는 그게 무슨 중대한 문제라도 되는 것처럼 정색을 하고 따졌다. 그러자 우리가 정말 싸우는 줄 아셨는지 할머니께서도 내 방으로 오셨다.

"뭣인디 니껏 내껏 험서 쌈혀?"

"아, 참! 할머니 심부름으로 왔었는데……"

은수가 할머니께 윙크를 하며 말했다. 그 바람에 그의 얼굴이 얼마나 이상하게 일그러졌던지 할머니께서도 웃지 않으실 수 없었다.

"너 믿고 뭔 일을 허겄냐!"

"무슨 일 있으세요?"

내가 말했다.

"나도 인자 내 집으로 가야지."

"왜 좀 더 계시지 않으시구요."

"말이사 고맙네마는 아주 묻힐 디로 찾어가야지."

"무슨 말씀이세요? 아직 건강하신데……"

"이릏게라도 돌아댕길 때 눌 자리를 봐 놓아야지. 늙은 이는 믿을 수가 없는 뱁이여. 지발덕분 저녁밥 잘 먹고 자는디끼 가야 헐 틴디……"

"저한테 정 붙일 시간도 안주시고 가실 거예요? 제가

무슨 섭섭하게 해드린 일이라도 있었어요?"

"섭섭허다니, 그게 뭔 소리여. 나는 벌써 새댁한티 옴막 정이 들었는디."

"새댁이라뇨. 듣기에 민망해요."

"새댁이지 그러믄. 노상 충충헌 옷만 입고 있응게 그르지 다홍치매만 둘르믄 새댁도 기맥힌 새댁이지. 그날은 참말로 선녀 같으드만."

할머니께선 결혼식날을 두고 말씀하시는 것이었다.

신부용 꽃다발을 들고 대문간에 서서 나를 기다리던 은희의 모습…… 현관 앞에 임시로 설치되었던 꽃기둥…… 그 아래 서 있던 남편…… 준호의 귀에 대고 뭔가 속삭이기 위해 몸을 구부리던 은수…… 아마도 다정한 말이었던 듯 준호는 밝게 웃으며 은수의 손을 잡았었다…… 수없이 들려오던 축하의 인사말들…… 구석구석 수많았던 꽃들 리본들……

그 모두는 현실이 아니었다. 적어도 나의 현실은 아니었다. 죽음의 그림자도 가난의 그림자도 없이 내가 뭔가를 할 수는 없었다. 초대받지 않고도 불쑥불쑥 나타나는 그들. 그들의 손길이 미치지 않는 곳에 나의 현실이 존재한다고는 감히 생각해볼 수도 없는 일이었다. 사회자인 광희가 내 이름을 불러주지 않았다면 그리고 이어 남편이 내 손가락에 결혼반지를 끼워주지 않았다면 그 모든 것은 한순간에 비현실의 세계로 날아가버렸을지도 모른다.

"선녀는 무슨…… 말도 안 돼요."

"아녜요, 새엄마. 제가 보기에도 그랬어요."

은수가 한 마디 거들자 할머니께서 핀잔을 주셨다.

"사람이 말이 오고 감서 정이 붙는 뱁인디 기왕이믄 오매 오매 혀야 없던 정도 생기나지 새오매가 뭐여 새오매가."

"그냥 두세요, 할머니. 전 새엄마인걸요. 어떻게 그냥 엄마라고 부르겠어요?"

"그리도 말이란 것이 한 번 입으 붙어놓으믄 고치기가 애룽게 처삼으 질을 잘 딜여놓아야 쓰는 뱁이여. 알었어?"

할머니께서 은수를 향해 말씀하시자 그는 염치없는 듯 씩 웃었다.

"인자 새댁도 간장단지가 어딨는지 꼬창단지가 어딨는지 다 알었고 나 없어도 밥솥이 거무 들어올 일은 없을 팅게."

할머니께선 그만 일어서려고 하셨다.

"저는 단지가 어디 있는 줄만 알았지 어떻게 담그는지는 하나도 모르는걸요."

"요새 젊은 사람들이 다 그릏지 뭐."

"그러니까 담그는 법도 좀 알려주시고 천천히 가세요."

"장으 가믄 뱰 것 뱰 것 다 있는디 뭣헐라고 사서 고생혀."

"그래도 집에서 담그는 게 더 맛있는 것 같아요. 푸짐하기도 하고."

"그건 그리여. 고생을 조매 혀야 짭짤헌 맛이 나오지. 그나지나 새댁은 요새사람이 아니여. 머리도 안지지고 분도 안발르고. 이런 사람이 보기에는 수수허고 좋지마는 늙으믄 한 뒹게 모냥도 조매 내고 그리여."

"이래봬도 제 딴엔 무척 모양을 낸 거예요."

"새댁도 야들마냥 나를 놀리는가?"

할머니께선 다정하고도 장난기 어린 목소리로 나에게 말씀하셨다. 그러자 팔짱을 끼고 서 있던 은수가 끼어들었다.

"제가 보기엔 할머니가 새엄마를 놀리시는 것 같은데요?"

"또 새오매라네."

"그냥 두세요. 전 괜찮으니까 걱정 마시고 좀 더 계시기나 하세요."

"사람이 섭섭허다 싶을 때 털고 일으나야지 지긋지긋헐 때까장 지달리믄 못쓰는 뱁이여. 장은 내가 나수 담어

놨응게 내맹넌 가실이나 메주를 쑤믄 될 것이여. 안죽고 살어 있으믄 내가 와서 혀줄 팅게 그 종 알고."

"그 안에는 한 번도 안 오실 거예요?"

"볼일도 없이 뭣허로 자꼬 와."

"시골집은 몹시 춥던데 겨울은 여기 오셔서 나세요."

"말이사 백 번이나 고맙네마는 늙은이는 몸 담고 있는 디가 분명히야지 들랑날랑허믄 못쓰는 뱁이여."

"할머니는 법도 많지."

은수가 끼어들자 할머니께서도 응수를 하셨다.

"나 법 많은 디 니가 보태준 것 있냐?"

남편의 고향에 사신다는 그 할머니는 나의 만류에도 불구하고 갈 길을 서두르셨다.

"아무 껏이나 타고 가도 금방인디 뭣허로 여러 사람 구찮게 혀. 또 사고 내믄 어쩔라고."

은수가 아버지 차로 모셔다드리려고 연락을 취하려 하자 할머니께선 손을 내저으시며 이미 현관문을 나서고 계셨다.

"나사 내비두고 이따 아버지한티 이만저만허서 갔다고 말이나 잘 전혀."

집안에 어른이 계시면 불편한 점이야 한두 가지가 아니지마는 요리솜씨가 뛰어나신 데다 또 나를 무척 귀여워하셨기 때문에 이모저모로 도움도 되고 해서 한동안 계시기를 진심으로 바랐으나 장이 떨어지면 내내년 가을에나 한번 오시겠단 말씀만을 한 번 더 하시고는 그 할머니께선 휭하니 떠나셨다.

하지만 내 말은 단지 그랬다는 얘기일 뿐 몹시 슬프다거나 섭섭하다거나 뭐 그랬다는 것은 아니다. 내가 진짜 함께 살고 싶은 사람은 우리 엄마였으니까. 그 옛날 넷째 방의 열 배도 스무 배도 넘는 넓은 집에서 돈 걱정 일거리 걱정 모두 다 잊고 진짜 진짜 함께 살고 싶은 사람은 우리 엄마였으니까. 조용한 이층에 공부방도 따로 마련해주고 진짜 진짜 붙잡아두고 싶은 사람은 우리 오빠였으니까.

"새엄마, 가 아니고 그냥 엄마."

할머니를 배웅하고 돌아온 은수가 대문을 들어서며 어색하게 나를 불렀다.

"그냥 새엄마라고 불러. 난 아무래도 좋으니까."

"할머니하고 약속했는걸요."

"할머님은 잘 가셨어?"

"차 떠나는 것 보고 왔어요."

"댁까지 모셔다드렸더라면 좋았을 텐데."

"잘 가실 거예요."

"그야 그렇지만……"

"제가 사고를 내지 않았다 해도 새엄마가 여기 오셨을까요?"

은수가 갑자기 조용해진 목소리로 나에게 물었다. 그에게는 적어도 두 개의 얼굴이 있었다. 하나는 장난기 가득한 열 살배기의 얼굴이었고 다른 하나는 조용하고 진지한 스무 살배기의 얼굴이었다. 그러니까 내 방에서 가짜사진이니 뭐니 하던 때의 그는 열 살배기의 얼굴이었고 갑자기 조용한 목소리로 지나간 차 사고 얘기를 꺼내던 그때는 스무 살배기의 얼굴이었던 것이다.

"은수가 사고를 내지 않았다면 아버지가 그때 보험회사에 가셨겠어?"

"제가 사고를 내지 않았다면……"

은수는 무엇인가에 생각을 집중시키고 있는 듯 입속말로 중얼거리더니 곧 입을 다물었다. 나는 그런 그의 생각을 방해하고 싶진 않았으나 아무 말 않고 가만히 있기도 뭐해서 무슨 말이든 하지 않으면 안되었다.

"큰 사고가 아니었나 봐?"

"차만 조금 부서졌어요. 광희형 테니스 라켓하구요. 트렁크 속에 있었거든요."

"다행이야. 그 정도로 그쳤으니."

나는 교통사고로 인한 끔찍한 추억들이 많았으나 그에게 그런 것들을 말할 필요는 물론 없었다.

“격포에 가는 길이었어요. 바다도 보고 해삼도 먹고 싶어서 광희형을 끌어내 함께 가는 길이었죠. 광희형은 테니스코트에 있었으니까요. 둘이서 뭔가 얘기하고 있었는데 느닷없이 뒤에서 받을 줄 누가 알았겠어요?”

“그럼 은수가 잘못한 게 아니었네?”

“제가 잘못하긴요. 아버지가 얘기 안하셨어요?”

“전혀.”

사고에 관해서라면 내가 남편에게 물은 적도 없었고 남편이 나에게 스스로 말한 적도 없었던 것이다.

“전 신호대기 중이었는걸요.”

“그랬었구나. 그런데도 다치지는 않았단 말이지?”

“왜, 놀라셨어요?”

은수는 어느새 열 살배기가 되어 있었다. 그래서 나도 가볍게 대꾸해주었다.

“어떻게 알았어?”

“새엄마 얼굴에 씌여 있어요.”

“뭐라고 씌여 있어?”

“아이고, 큰일 날 뻔했구나!”

“틀렸어. 난 그냥 바다랑 해삼이 좀 섭섭할 뿐이야.”

실은 맞는 말이었지만 나는 농담으로 그렇게 말해주었다.

"그거야 저도 그래요. 그리고 또 하나 제가 섭섭하게 생각하는 건 바로 그 바보예요."

"뒤에서 받았다는 사람?"

"엄마."

은수는 자기도 모르게 나를 엄마라고 불렀다. 적어도 내가 듣기엔 그런 것 같았다.

"제발 바보 같은 말씀은 삼가해주시고 끝까지 제 말을 경청해주세요. 그 바보에는 다음과 같이 씌여 있었습니다. '나를 날게 해줘. 너의 따뜻한 오른손으로 나를 날게 해줘.'"

그는 몹시 사무적인 어조로 말을 끝마쳤다.

"그렇다면……"

"맞아요."

그는 내 생각을 알고 있기라도 한 것처럼 말을 가로챘다.

"광희형은 테니스 라켓을 바보라고 불렀어요. 혼자서 날지 못한다고 말예요. 그러면서도 늘 그놈을 좋아했죠. 그물이고 뭐고 다 못쓰게 망가졌는데 삼각주에 써놓은 그 까만 글씨들은 그대로 있지 뭐예요. 그땐 정말 그놈이 바보 같아 보였어요."

"광희는 왼손잡이가 아닌가 봐?"

"어떻게 아셨어요?"

"따뜻한 오른손으로 테니스를 친다면서?"

"그 바보가 알려줬군요."

"바보끼리는……"

"통한다, 이거죠?"

또다시 내 말을 가로챈 은수는 열 살배기의 얼굴을 하고 있었다.

제9장

밀짚모자

"엄마, 이쪽은 뽑지 마."

할머니께서 마당 한쪽에 심어놓고 가신 얼마 안 되는 쪽파와 고추 등의 주변에 돋아난 풀들을 뽑아내고 있는데 정향나무 근처의 풀밭에서 놀고 있던 준호가 내 옆으로 다가오며 말했다.

"풀도 예쁜데 왜 뽑아?"

"귀찮게 하니까."

"누가 귀찮게 해?"

"누구긴. 풀이 얘들을 귀찮게 하고 있잖아."

"가만히 있는데 왜 귀찮게 한다고 그래?"

"가만히 있는 것 같지만 실은 방해가 되니까 문제지."

"그게 뭔데?"

"영양분도 뺏어가고 햇빛도 가리고."

"엄마가 그걸 어떻게 알아?"

준호가 뭘 꼬치꼬치 캐묻기 시작하면 결국엔 내가 궁지에 몰리게 마련이었는데 그때도 역시 그랬다. 만약 그 순간에 딱정이가 나타나지 않았다면 나는 또 뭔가 그럴듯한 이론을 생각해내야만 했을 것이다.

"딱정이다!"

준호는 갑자기 얼굴을 빛내며 풀잎의 한곳을 주시했다. 거기에는 그곳으로 데려와 풀밭에 놓아준 것과 같은 종류의 무당벌레 한 마리가 붙어 있었다.

"엄마, 우리 딱정이 맞지?"

"글쎄……"

"똑같이 생겼잖아."

"그래? 그럼 우리 딱정이겠지."

나는 또 자신있게 말하지 않을 수 없었다.

"딱정아, 안녕? 잘 있었니?"

준호는 딱정이를 상대로 그동안의 회포를 풀기 시작했다. 그 소리를 듣고 있자니 불현듯 준호아빠에 대한 생각이 머릿속으로 밀려들었다. 나는 되도록이면 그에 관해서는 생각하지 않으려고 애쓰고 있었지만 생활이 안정되면서부터 그는 자주 내 마음을 슬프게 했다. 슬픔이란 것 역시 다른 모든 감정과 마찬가지로 몸과 마음이 편안한 상태에서라야 오롯이 느껴진다는 사실을 새삼 깨닫지 않을 수 없었다. 물론 보고 싶다거나 눈물이 난다거나 하는 감정과는 달랐다. 다만 그가 가난에 시달렸었다는 것, 그 때문에 결국 정신마저 폐허가 되어버렸었다는 것, 그리고 끝내 그 속에서 벗어나지 못한 채로 죽었다는 것 등이 나를 슬프게 했다. 그는 뭘 보든지 값을 따져봐야 했고 그 값에 번번이 기죽어야 했다. 결혼하기 전에는 그의 그러한 점들도 때로는 오히려 자상하고 솔직하게 느껴지기도 했었지만 그것은 잠시 떠오른 빛이었을 뿐 현실이라는 질은 어둠 속에 묻혀버린 후로는 오래전 어느 순간에 내가 과연 그러한 느낌을 가졌었는지 어쨌었는지 그 사실조차 믿지 못하게 되고 말았다. 어쩌면 그러한 느낌이란 처음부터 아예 존재하지 않았었는지도 모른다. 다만 그렇다고 믿고 싶었기 때문에 스스로에게 최면을 걸어 잠시나마 그렇게 믿게 되었었는지도 모른다. 그렇다고 해서 우리가 남달리 불행했었다는 것은 아니다. 우리는 다만 우리처럼 가난한 다른 사람들만큼 불행했을 따름이다. 가난이란 어디에나 달라붙어 불행을 빨아먹고 살았다. 가난은 죄가 아니라고 사람들은 말하지만 벌임에는 틀림없다고 나는 수없이 생각하곤 했었다. 그러나 이 모두는 나 혼자만의 생각이었을 뿐 단 한 번도 그에게 이러니 저러니 말해본 적은 없었다. 나는 별에 나가 일하지 않고도 끼니를 이을 수 있다는 사실에 감사해야 했으며 가계를 위하여 돈 한 푼 벌어들이지 못하는 데 대해 항상 죄스러운 마음을 가져야만 했다.

"준호는 모노드라마에 천부적인 재능을 가지고 있어요."

언제 내려왔는지 은수가 우리 옆에 서 있었다. 키는 아버지보다 훨씬 컸지만 얼굴에선 아직도 어린 티가 묻어나던 은수! 그는 기분이 좋을 때면 과장해서 말하는 버릇이 있었다.

"모노드라마가 뭐야, 형?"

은수를 올려다보느라 이맛살을 찌푸리며 준호가 물었다.

"혼자서 다 해먹는 거야."

"뭘 혼자서 다 해먹어?"

"맛있는 거."

"그게 뭔데?"

"빈대떡 같은 거야."

"난 혼자서 빈대떡 못 해먹어."

"축구는 어때? 혼자서 할 수 있지?"

"난 딱정이하고 노는 게 더 좋아."

"아이구, 그게 노는 거냐? 조는 거지."

"형은 딱정이가 날아가는 걸 못봐서 그래."

"날개도 없는데 어떻게 날아가?"

"뚜껑 속에 있어."

"없는 것 같은데?"

"날아가면 보여."

"언제?"

"몰라."

"그래서 넌 계속 보고 있을 거야?"

"형도 같이 봐."

"아이구!"

"왜 그래? 재미있는데."

"그럼 이렇게 하자. 너 혼자 보고 있다가 날아가면 나를 불러. 알았지? 그럼 내가 얼른 와서 볼께."

"그러면 늦어. 딱정이가 얼마나 빠르다구."

"내가 딱정이보다 더 빨리 오면 되지."

"형은 날개가 없잖아."

"날개?"

"응. 아무리 조그만 날개라도 날개는 굉장한 거야. 엄마가 그랬어."

"그랬어요, 엄마?"

은수가 나에게 도움을 청했지만 미안하게도 나는 도와

줄 수가 없었다. 언젠가 준호에게 그런 얘기를 해준 적이 있었기 때문이다.

"그랬어."

"그것 봐!"

딱정이를 지켜보며 준호가 의기양양한 목소리로 말했다. 그러자 은수가 갑자기 목소리를 낮추어 이렇게 말하는 것이었다.

"하긴 저도 그렇게 생각해요. 날개는 그 어떤 날개든 비상을 의미하니까요."

은수는 한순간 스무 살배기의 얼굴이 되는가 싶더니 어느새 다시 열 살배기로 돌아가 준호에게 소리쳤다.

"딱정인 아직도 그대로 있냐?"

"그대로 있는 건 아냐."

"날 줄 모르나본데?"

"아냐."

"뚜껑 속에 날개가 있단 말이지?"

준호는 자기를 놀린다고 생각했는지 대꾸도 않고 딱정이만 지켜보고 있었다.

"그러니 누가 알겠어요?"

갑자기 은수가 밑도 끝도 없이 나에게 말했다.

"뭘?"

"뚜껑 속에 날개를 감추고 있으니 말예요."

은수는 자신의 생각 속에서 비약하고 있음이 분명했다.

"감춘 게 아냐. 저절로 들어가는 거야."

준호가 끼어들어 설명을 했다.

"그래. 네 말이 맞다."

은수는 기분이 좋은 듯 그렇게 말하며 기지개를 켰다. 그리고는 갑자기 뭔가 생각난 것처럼 눈을 크게 뜨고서 "아무리 날 수 있다고 해도 전 엄마가 굴뚝새처럼 까매지는 건 싫어요."라고 말하더니 현관을 향해 걸어갔다. 언제부터인가 그는 나에게 그냥 엄마라고 자연스럽게 부르게 되었다. 그리고 나 또한 그 호칭에 차츰 익숙해져갔다. 딸랑딸랑 풍경소리를 내며 안으로 들어가는 그의 모습을 보며 나는 나도 모르게 한숨을 깊이 내쉬었다. 마치 나 자신 속으로부터 무엇인가를 몰아내기라도 하려는 것처럼.

"형, 빨리 와봐."

준호가 외치는 걸 보니 딱정이가 움직이는 모양이었다.

"형은 안으로 들어갔잖아."

"날개가 조금 나왔는데……"

준호가 섭섭한 표정으로 이층을 올려다보고 있으려니

까 은수방의 창문이 활짝 열리더니 밀짚모자를 입에 문 그의 모습이 나타났다. 그는 창턱에 올라서서 몸을 돌려 자세를 낮추고는 창턱을 잡고 발로 벽돌을 더듬어 홈통을 딛고 홈통 주변을 타고 올라간 능소화나무의 줄기를 따라 내려오다가 내방 창틀을 잡는가 싶더니 눈 깜짝할 사이에 땅으로 내려섰다. 나는 은수가 그런 식으로 내려온다는 말을 듣긴 했지만 직접 보기는 처음이라서 놀랍기도 하고 걱정스럽기도 했다. 그래서 나도 모르게 풀 뽑던 손을 멈추고 멍하니 보고만 있었다.

"형, 타잔이야 타잔!"

준호가 소리치자 은수는 입에 물고 있던 밀짚모자를 겨드랑이에 끼더니 두 손을 입에 대고 이상한 소리를 냈다. 자기 딴엔 타잔이 동물들을 부를 때 내는 소리를 흉내내고 싶었겠지만 결과는 치타의 발성연습 정도에 그치고 말았다.

"엄마, 자외선은 무서운 거예요."

밀짚모자를 내 머리에 얹어주며 은수가 말했다.

"날씨도 흐린데 뭘."

"여자들은 달빛에도 탄다고 하잖아요."

"누나가 그래?"

"어떻게 아셨어요?"

"은수 얼굴에 씌여 있어."

모자는 핀이니 뭐니 하는 장애물들 때문에 잘 들어가지 않았다. 그래서 나는 은수를 실망시키게 될까 봐 머리채를 고정시킨 큰 핀을 조금 아래로 늦추고 모자를 눌러 쓴 다음 웃으면서 고맙다고 해주었다. 그러자 은수가 한숨을 쉬며 천천히 말하는 것이었다.

"오, 예쁜 엄마!"

그때 마침 구름 사이로 해가 나타나지 않았다면 나는 뭐라고 말해야 할지 몰랐을 것이다. 왜냐하면 은수의 한숨 소리를 듣는 순간 이상하게도 머리가 띵해지며 눈앞에 있던 고추 이파리들이 흐릿하게 뭉개지는 것을 보았기 때문이다.

"해도 은수가 주문한 거야?"

애써 아무렇지도 않은 듯이 내가 말하자 은수가 밝게 웃으며 나에게 되물었다.

"어떻게 아셨어요?"

"은수 얼굴에 씌여 있어."

"형 얼굴이 쓰기책이야?"

은수의 얼굴을 쳐다보며 준호도 한마디 거들었다.

제10장

연극 연습

해가 구름 사이를 들락날락하며 벽돌담과 내 방 창문과 창문을 뒤덮을 듯 무성한 능소화나무의 이파리들을 비추었다. 나는 뽑아놓은 풀들을 치우다 말고 우두커니 서서 한쪽으로 커튼을 밀어놓은 내 방 창문을 바라보았다. 창문은 내 마음을 환히 비추기라도 할 듯 맑은 눈처럼 반짝이고 있었다.

내 방! 태어나서 처음으로 가져보았던 나만의 방! 이층에 있던 은수방의 바로 아래가 되는 내 방은 아래층의 맨 끝에 위치해 있었는데, 좁은 마루를 사이에 두고 부엌 겸 식당과 마주보고 있었으며 서쪽과 남쪽으로 커다랗게 창문이 나 있어 항상 밝고 아늑하였다.

"나는 당신이 여기 있으면 어쩐지 서먹서먹하게 느껴져. 내가 모르는 당신이 이 방안에 있다는 생각이 들거든."

언젠가 남편이 내 방으로 들어와 창가를 서성거리며 그렇게 말한 적이 있었다.

"물론 당신에 대해서 다 알 수 있기를 기대하진 않아. 아마도 그것은 불가능한 일이겠지. 하지만 당신과 좀 더 가까워졌으면 해."

"우린 많이 가까워졌잖아요."

"물론 많이 가까워졌지. 하지만 더 이상 가까워지지 않을까 두렵다는 거야."

"서두르지 마세요. 전 항상 박자가 느리다는 걸 아직도 모르시겠어요?"

"당신은 자꾸 뒤로 물러서는 것만 같아. 난 당신을 눈앞에 두고도 영원히 잡지는 못할 거야."

"전 이미 당신에게 잡혔는걸요."

"당신이 어디로 가버릴까 봐 불안했었어."

"그래서 제 상복을 서둘러 벗기셨군요?"

"나에겐 그것도 긴 시간이었어."

"저에겐 너무나 짧은 시간이었어요. 어떻게 여기까지 오게 되었는지 믿어지지 않을 정도예요."

나는 어쩐지 그가 측은하게 느껴져 다정하게 덧붙여 말했다.

"내 집, 내 방, 내 생활…… 이런 모든 것들을 하루아침에 저에게 주시다니…… 당신은 아무래도 백마의 기사인가봐요."

"백발의 기사겠지."

그는 나를 쳐다보며 겸연쩍은 미소를 지었다. 그러자 공연히 준호아빠 생각이 났다. 내가 그에게 뭘 특별히 빚진 게 있다고 생각하진 않았지만 어쩐지 그의 죽음과 나의 안락한 생활과 맞바꾼 듯한 느낌이 들어 미안하기도 하고 서글프기도 했다. 그러나 그가 나에게 요구했던 극단적인 절약과 무엇이든 가계에 도움이 될 만한 일을 하지 않으면 안 된다는 압박감에서 벗어나게 되자 솔직히 말해서 나는 짐을 하나 내려놓은 듯한 느낌이었으며 새로운 생활에서 내가 느꼈던 가장 큰 매력 또한 기본적인 생활비를 걱정하지 않아도 된다는 점과 내 손으로 돈을 벌지 못하기 때문에 감수해야 하는 갖가지 모욕으로부터 해방되었다는 점 등이었다.

한번은 준호아빠가 무섭게 소리지르며 화를 낸 적이 있었다.

"당신은 정신상태가 틀려먹었어. 먹고 살기도 힘드는데 이런 것들이 대체 무슨 필요가 있다는 거야?"

그날 나는 준호에게 필요한 학용품을 사려고 문구점에 들어갔다가 엄마를 생각나게 하는 '규중칠우쟁론기'

가 귀엽게 그려진 공책 한 권과 꽃향기가 나는 편지지 한 묶음과 꽃가지에 앉아 나팔을 부는 요정들이 그려진 엽서 몇 장을 샀었다. 값비싼 옷이라든가 장신구라든가 하는 것들은 아예 구경조차 하지 않는 게 습관이 되어 있었지만 너무나도 예쁜 그 몇 가지 물건들 앞에서 나는 잠시 현실의 끈을 늦추었던 것이다.

"이슬비에 옷 젖는다는 말도 못 들었어? 큰돈을 쓰는 것만이 낭비가 아냐. 큰 방죽도 조그만 개미구멍으로 무너진다는 걸 알아야지."

그는 시골에서 자라서인지 속담이라든가 민담 따위를 무수히 알고 있었다. 그래서 필요할 때면 언제라도 즉시 적절한 비유를 끌어댈 수가 있었다.

"필기할 것이 있어, 편지할 데가 있어. 편지할 데가 있어도 그렇지, 편지란 쓰는 마음이 중요한 것이지 어떤 종이에 쓰느냐가 중요한 거야? 당신이 편지를 받는다고 생각해봐. 받는 그 자체로 즐거운 것이지 예쁜 종이라서 즐거운 거야? 필요 이상의 지출은 사치라고밖에 할 수 없어. 동전 한 푼 벌어들이지 못하는 주제에."

그의 말은 조금도 틀리지 않았다. 나는 필기할 것도 없었고 편지할 데도 없었다. 있다 해도 집에 있는 허드렛 종이들을 이용하면 되었다. 물론 나는 평소에 그 종이들을 기꺼이 활용했다. 그러나 아무리 가난한 생활이라 하더라도 어쩌다 한 번쯤은 예쁜 공책, 예쁜 편지지, 예쁜 엽서들을 사서 넣어두고 여기에 무엇을 적을까, 이걸 누구에게 보낼까, 하는 생각을 하며 가끔 꺼내보는 것이 그렇게도 심각한 사치였을까……

"엄마, 아말이 뭐야?"

떨어진 장미꽃잎들을 주워서 놀고 있던 준호가 내 쪽으로 달려오며 생각을 깨뜨렸다. 그가 손을 쳐들어 날린 꽃잎들이 그의 머리 위에 앉았다가 다시 떨어져나갔다.

"아말?"

"형이 나한테 '아말아가, 나는 바다엘 가나 산에를 가나' 자꾸 그래."

"형한테 물어봐야지."

"물어봐도 안 알려주고 중얼거리기만 해."

은수는 흰색 종이를 손에 말아쥐고 정향나무 아래를 오락가락하며 뭔가를 열심히 중얼거리고 있었다. 셔츠 소매를 팔꿈치까지 걷어올리고 정신을 온통 한 곳에 집중시킨 듯한 진지한 얼굴에 얼룩얼룩한 정향나무의 그늘을 받아가며 그는 마치 최면에라도 걸린 것처럼 천천히 기계적으로 걸어다니고 있었다.

"엄마, 형이 커, 아저씨가 커?"

은수를 쳐다보며 준호가 난데없이 물었다.

"형이 훨씬 크지."

"나도 나중에 아빠보다 훨씬 클 수 있어?"

"그럼. 형처럼 밥도 잘 먹고 김치도 잘 먹으면."

"아빠하고 대봐야 알 텐데……"

"안 대봐도 알 수 있어."

"어떻게?"

"넌 벌써 아빠를 잊어버렸니?"

"아아니!"

준호가 하도 큰 소리로 부정하는 바람에 은수가 우리 쪽을 쳐다보았다. 그리고는 억지로 눈을 껌벅거리며 다가왔다.

"아말아가, 나는 바다엘 가나 산에를 가나 굽히지 않는다."[1)]

"형, 아말이 뭐야?"

"하지만 그 의사가 너의 아저씨와 합쳐온다면 나는 온갖 내 마술을 부려도 두들겨 맞는 수밖에 없는데."[2)]

"누가 때렸어?"

"나는 동냥중입니다."

은수는 허리를 구부리고 계속 눈을 껌벅거리며 우리에게 장난을 치고 있었다. 그래서 내가 호흡을 맞추느라 시치미를 떼고 물었다.

"뭘 드릴까요, 스님?"

"부인의 마음을 주십시요."

"어디에 쓰시게요?"

"제 목에 칭칭 감고 다닐까 하옵니다."

"제 마음은 가늘어서 스님의 목을 파고들 텐데요?"

"제 피는 진해서 부인의 마음을 홍옥처럼 물들일 것입니다."

"홍옥이 뭐야?"

준호가 다시 묻자 은수는 드디어 허리를 펴고 웃으며 대답해주었다.

"보석이야. 빨간 보석."

은수는 홍옥을 보석이라고 했지만 내 눈앞엔 잘 익은 사과만이 떠올랐다. 너무도 새콤하여 한 입 베어 물면 저절로 눈이 찔끔 감겨지던 어여쁜 홍옥! 어쩌다 한 알이 생기면 아까워서 먹지도 못하고 그 빨갛고도 얇디 얇은 껍질이 반짝반짝 윤이 날 때까지 옷자락에 문지르고 또 문질러서는 오빠의 책상 위에 올려놓고 오빠가 학교에서 돌아오기만을 기다렸다. 오빠가 학교에서 돌아와 그 반짝이는 사과를 발견하는 순간 얼마나 놀라운 미소를 지을까…… 얼마나 다정한 질문을 던질까…… 하는 것들을 상상하며 내 마음은 사과보다도 더 반짝거리고 사과보다도 더 빨갛게 무르익곤 했던 것이다.

"아말은?"

준호가 또다시 물었다.

"주인공 이름이야."

은수는 동아리에서 공연하는 연극 대사를 외우고 있는 중이었다.

"주인공이 아가야? 형이 '아말아가' 그랬잖아."

"응. 너만한 어린애야."

"형은? 형은 뭐야?"

"난 영감이야."

"영감?"

준호가 우스운 듯 미소를 지었다. 그래 나도 웃으며 한마디 거들었다.

"어차피 영감을 할 거면 좀 더 멋있는 영감을 하지 그래? 혹부리 영감이라든가 스크루지 영감이라든가."

"왜 산신령은 빼놓으세요?"

"산신령이라든가."

은수는 얼굴에 담뿍 미소를 머금고 있었다.

"전 동냥중이 좋아요. 얼마나 멋있는 역인데요. '아, 있다 뿐인가? 폭포 없는 산이란 없지. 아, 이건 꼭 녹은 금강석과 같단 말야.'[3] 제가 맞는지 좀 봐주시겠어요?"

은수는 쥐고 있던 대본을 나에게 넘겨주었다. 대본은 이제 느슨하게 풀어지긴 했지만 그래도 아직 동그랗게 말려 있었다.

"내가 다른 역을 읽어줄까?"

"그럼 더 좋구요."

나는 풀을 치우던 일을 미뤄놓고 대본을 반듯하게 펴기 위해 거꾸로 꼭꼭 말아 한참 쥐고 있다가 펼쳐들었다. 시들어가는 풀냄새가 섞여 공기는 더없이 향기로웠으며 정향나무 아래 조금 남겨놓은 풀밭에 엎드려 "이 도끼가 네 도끼냐?" 하며 산신령 이야기를 혼자서 중얼거리는 준호의 목소리가 내 마음을 나른하고도 평화롭게 해주고 있었다.

제11장

왕진

나는 모든 것이 꿈이라고 생각했다. 넓은 창으로 흘러드는 햇빛과 바람…… 탁자 위에 점점이 흩어진 수정 꽃병의 눈부신 그림자…… 이층으로 올라가는 계단 위에 뒹굴고 있는 준호의 장난감들…… 아름답고 일상적인 이 모든 것들은 나로서는 감히 바랄 수도 없었던 꿈, 바로 그것이었다. 숨만 크게 쉬어도 꺼져버릴 것 같은 꿈…… 발소리만 크게 내어도 달아나버릴 것 같은 꿈……

어느 날 갑자기 꿈에서 깨어나 이전의 모습으로 돌아가 있는 자신을 발견하게 될지도 모른다고 생각했다. 낡은 임대 아파트의 비좁은 통로를 오르내리며 시동생의 등록금과 책값과 시댁의 농사비용과 정기적금과 연탄값과 반찬값과 전기세 전화세 수도세 임대료 관리비 등등의 각종 돈 계산으로 기진맥진해 있는 자신을 발견하게 될지도 모른다고 생각했다. 남편의 눈치를 보며 준호에게 새

크레파스를 사주고 아침이면 일터로 나가는 사람들을 부러워하고 있는 자신을 발견하게 될지도 모른다고 생각했다.

물론 이전의 생활에 좋은 점이 전혀 없었다는 것은 아니다. 다만 살림이 너무나도 빠듯하여 정신적인 아름다움이 내재된 그 어떤 것도 비집고 들어올 틈이 없었다는 것뿐이다. 비집고 들어오기는커녕 이미 있던 것조차도 더 이상 배겨날 수 없었다는 것뿐이다. 정신적인 아름다움이 무엇인지 얼마나 중요한 것인지 도대체 그러한 것이 있기나 한 것인지 하는 등등의 문제에 관해서는 생각해볼 여유조차 가질 수 없었다는 것뿐이다. 가엾은 준호아빠! 그도 한때는 윤동주의 '자화상'이라는 시를 노래 부르듯 외우고 다녔건만 힘겨운 생활의 무게에 짓눌리고 부대끼어 그의 마음속의 '외딴 우물'은 어느덧 흔적없이 사라져버리고 말았던 것이다.

"엄마, 광희형한테서 전화오면 십 분 전에 나갔다고 하세요."

어느 날 아침, 계단을 한꺼번에 두 칸씩 내려오며 은수가 나에게 소리쳤다. 그 바람에 아침일을 하다 말고 거실에 앉아 잠시 쉬고 있던 나는 생각에서 깨어났다.

"십 분 전에 나가지 않았었어?"

나는 장난스레 웃으며 대답했다.

"어디 아프세요?"

은수는 갑자기 어조를 바꾸어 물으면서 나에게 다가왔다. 빛바랜 청바지에 하늘색 반팔 티셔츠를 입고 있는 그의 모습이 무척 싱그러워 보였다.

"아니."

"집안일이 너무 힘드신 거 아네요?"

"힘들긴."

"아버지 말씀대로 하세요."

"집안일을 남에게 시키다니, 그건 낭비야."

"엄마의 건강이 돈보다 중요하다는 걸 모르시겠어요?"

"난 아무 데도 아프지 않아. 왜 아플 거라고 생각하지?"

"엄마가 조금 전처럼 소파에 기대앉으신 걸 보면 저도 모르게 가슴이 철렁해요."

"참 이상한 가슴도 다 있네."

우리는 서로 마주보고 가볍게 웃었다.

나는 집을 알아야 한다고 생각했다. 현관벽 몇 번째 널빤지에 가랑잎 같은 무늬가 있고 어느 구석에 조그만 옹이구멍이 있고 거실 샹들리에의 늘어진 부분이 몇 시쯤에 가장 아름답게 빛나는지…… 어느 창문의 어느 쪽 유리가 바깥의 벽돌담을 울퉁불퉁하게 만드는지…… 몇 번째 계단 아래쪽에 서투른 글씨로 된 낙서가 있고 몇 번째 계단 가장자리가 삐걱거리는지…… 어느 방 창문으로 비가 뿌리고 어느 방 문손잡이가 헐거운지…… 이층 마루의 어디까지 햇빛이 들어오고 어디쯤에 서 있어야 저녁노을이 가장 잘 보이는지……

그리고 또한 집도 나를 알아야 한다고 생각했다. 집안으로 흘러드는 햇빛을 내가 얼마나 좋아하는지…… 아침에 일어나서 제일 먼저 어떤 창문을 여는지…… 커튼을 어느 정도 열어놓는지…… 설거지할 때 무슨 노래를 잘 흥얼거리는지…… 빨래 바구니를 들고 마당으로 나갈 때 실내화를 어디쯤에 벗어놓는지……

그래야 집도 나에게 정성을 기울여 방안 깊숙이 햇빛을 들여오고 이른 아침의 신선한 이슬공기를 창문 밖에 미리 준비해두고 때로는 바람과 상의하여 커튼자락을 알맞게 열어주고 나의 노래소리에 맞춰 부엌 창문 위의 양철차양을 흔들어주고 실내화가 나를 따라 현관바닥으로 내려가지 않도록 마루 끝에 붙잡아두고…… 또 조용한 목소리로 이렇게 소곤거릴 것이 아닌가.

“지금 막 옹이구멍 속으로 벌이 들어왔어요…… 정향나무 가지 사이로 비행기별이 지나가요…… 오늘은 저녁

노을이 유난히도 빨갛군요. 꼭 사과껍질 같아요. 이리 와서 얼른 내다보세요. 노을은 금방 사라지니까요…… 여기쯤에 제라늄 화분을 놓는다면 노을빛하고 아주 잘 어울릴 거예요……"

그러므로 다소 힘에 부치더라도 구석구석 내 손으로 쓸고 닦으며 집에 정을 들여야 했다. 우리가 서로를 파악하고 하나가 되기 위해서는 많은 시간과 노력과 이해가 필요했으며 그것 없이는 결코 진짜 내 집이 될 수 없었던 것이다.

"얼마 전까지만 해도 당신이 여기 없었다는 사실이 믿어지지 않아. 당신이 없는 집이란 상상도 할 수 없게 돼버렸거든."

남편이 나에게 그렇게 말한 적이 있었다.

"전 지금도 여기 있다는 게 믿어지지 않는걸요."

"당신이 온 후로는 모든 것이 빛나 보여. 저길 좀 봐."

그는 찬장에 놓여 있던 오목한 접시들을 가리키며 말했다.

"햇빛이 드니까 그렇죠."

"접시도 저렇게 반짝일 수 있는 줄은 몰랐었어."

그의 말은 나를 몹시 기쁘게 했다. 고사리무늬가 빙 돌아가며 돋을새김된 그 유리 접시들을 그곳에 놓아야만 그 시각에 그렇게 빛이 난다는 것을 내가 알아냈기 때문이었다.

"엄마,"

현관문을 열려다 말고 은수가 다시 나를 불렀다. 그래서 내가 얼른 말해주었다.

"광희한테서 전화 오면 십 분 전에 나갔다고 할께."

그러자 은수는 갑자기 힘이 빠지는 듯한 표정을 지으며 이렇게 말하는 것이었다.

"제가 올 때까지 누워 있겠다고 약속하세요."

"왜 누워 있어야 하지?"

"약속하실 거니까요."

"누구 마음대로?"

"제 마음대로요."

그렇게 말하고 나서 그는 현관문을 열었다. 그리고는 다시 한번 뒤돌아서서 덧붙였다.

"수업만 끝나면 단숨에 달려올께요. 그때까지만 누워 계세요."

"그건 돌아와서 청소를 해주겠다는 뜻이야?"

"어떻게 아셨어요?"

그는 따뜻한 미소와 딸랑거리는 현관문 소리와 무겁게 닫히는 대문 소리를 남긴 채 드디어 학교를 향해 떠나갔다.

그는 실지로 내가 청소하는 것을 자주 도와주었다. 그래봤자 대개 청소기를 밀며 이리저리 돌아다니거나 책장이나 장식장 등의 유리에 광택제를 뿌리고 다니거나 하는 게 고작이었는데, 어쩌다 준호까지 합세하게 되면 그나마도 제쳐두고 마른걸레를 서로 던진다 종이를 찢는다 하며 일을 더욱 어수선하게 만들기가 일쑤였다.

준호는 청소기를 처음 보자 얼마나 좋아하였는지 제 아무리 신기한 장난감이라 해도 그렇게까지 그의 마음을 빼앗을 수는 없을 것 같았다. '먹깨비'라는 이름까지 지어 불렀다. 손으로 집어 들면 그만일 종이부스러기 하나만 보아도 굳이 먹깨비를 끌고 가 먹도록 하였으며 은수로 말하자면 일부러 종이를 잘게 찢어 먹깨비의 식사거리를 마련해주었고 나 역시 비로 먼지를 쓸어 한곳에 모아놓고서 준호를 부르곤 했다.

"엄마, 먹깨비 큰집에 가지고 가도 돼?"

하루는 느닷없이 준호가 나에게 물었다.

"왜?"

"준석이형한테 보여주려고."

준호는 자기만이 그것을 안다고 생각하고 있는 것 같았다.

"청도리 큰집에?"

"응."

"무거워서 어떻게 가지고 가?"

"은수형한테 말하면 갖다 줄 거야."

"그렇지만……"

나는 그의 기분을 망치지 않으려고 조심조심 말을 이었다.

"준석이형은 벌써 알고 있을지도 몰라."

"어떻게?"

"어디서 봤거나……"

"그래도 우리 먹깨비처럼 신기한 건 못봤을 거야."

그는 자신의 생각에 응원이라도 하듯 먹깨비 앞에 종이조각 하나를 놓고 윙 소리를 내며 즐거워했다.

어쨌든 준호는 그럭저럭 새 생활에 적응해갔다. 남편은 준호가 끝내 자기를 아저씨라고 부르는데도 전혀 섭섭한 기색도 없이 그를 마치 친손주나 되는 듯이 귀여워하며 장난감 가게에 자주 데리고 다녔고 은수도 일부러 준호를 위하여 풀밭으로 내려가곤 한다는 것을 너무도 잘 알 수 있었다. 그럼에도 불구하고 어느 날 아침, 나는 남편이나 은수가 묻는 말에 대답도 못 할 만큼 이를 악물고 눈물을 참아야 했다. 물론 준호 때문이었다.

"엄마, 나 오늘 뭐했어?"

준호가 나에게 물었다.

"그걸 왜 나한테 물어?"

"일기 쓰려고."

나는 아이들에게 매일 일기를 쓰도록 하는 것은 무리라고 생각했다. 매일 특별한 일이 있는 것도 아니고 매일 특별한 생각을 하는 것도 아닌데 어떻게 매일 밤 공책 한 쪽씩을 채울 수 있단 말인가. 물론 그렇게 함으로써 글짓기 능력이 향상되고 하루하루의 생활에 대한 반성이 되지 않겠느냐고 할 수도 있을 것이다. 물론 그럴 수도 있다. 그러나 과연 이 나라 어린이 중의 몇 명이나 진실로 반성하는 일기를 쓸 것인가. 그들은 단지 쓰기 위해 쓰는 것에 불과하다. 그렇다고 해서 일기를 전혀 쓰지 않는 것이 좋다는 말은 아니다. 일 주일에 한 번 정도 혹은 한 달에 한 번 정도 쓰도록 하면 어떨까. 일 주일 중 혹은 한 달 중 가장 잊을 수 없는 날을 골라서 그 하루만이라도 일기다운 일기를 쓰도록 한다면 어떨까.

"엄마, 나 내일 아침에 일찍 깨워줘."

방바닥에 엎드려서 일기를 쓰다 말고 눈을 슬슬 감으며 준호가 말했다. 나는 일기장을 한쪽으로 밀어놓고 준호를 잘 눕힌 다음 이불을 덮어주고 나서 마루를 사이에 두고 안방과 마주보고 있던 준호방을 나왔다.

남편은 거실에서 신문을 보고 있었다. 방충망으로 새어드는 바람이 차가운듯 실내의로 어깨를 감싼 채 신문을 펴들고 앉아 힘없이 눈을 내리뜨고 있었다. 머리칼이 유난히 하얀 걸 보니 염색할 때가 된 것 같았다.

나는 그가 남편이 아니라 아버지라면 얼마나 좋을까, 하고 생각해보았다. 아버지! 아무런 애증의 갈등도 없이 마음껏 가까워질 수 있는 사람! 나는 그를 남편이라고 부르고는 있었지만 남편에게서 느끼게 되는 감정을 느낄 수는 없었다. 남편도 그 사실을 알고 있는 것 같았다. 그래서 나는 더욱 미안했다. 그가 제공해준 안락함은 향유하면서 정작 그를 사랑하지 않는다는 것은 씻을 수 없는 배은이라고 생각했다. 더구나 그는 나를 진심으로 사랑하고 있지 않은가. 처음으로 사랑에 빠진 소년처럼 마음을 바치고 졸이면서 내 주위를 서성거리고 있지 않은가.

"뭘 그렇게 생각하고 있어?"

신문을 내려놓으며 그가 말했다.

"당신에 대해서 생각하고 있었어요."

"나에 대해서? 나에 대해서 뭘?"

그는 매우 궁금한 눈치를 보였다.

"창문을 닫을까 말까 하구요. 당신이 추운 것 같아서요."

"난 또! 여름에 춥다니, 당신 정말 나를 할아버지 취급할 거야?"

"저는 추운데요."

일부러 그의 옷자락을 잡아당기며 내가 어리광을 부렸다.

"공주님을 모시고 살자니 별 수 없군그래."

한팔로 나를 껴안으며 그가 응수했다.

"당신 정말 추운 거 아냐? 몸이 얼음장 같은데?"

"그럴 땐 얼음공주 같다고 하세요. 그편이 훨씬 낭만적으로 들리잖아요?"

"창문을 닫을까요, 얼음공주님?"

"아뇨. 전 바람이 좋아요. 이렇게 남풍이 불어오면……"

"그럴 땐 마파람이라고 하세요. 그편이 훨씬 고전적으로 들리잖아요?"

내 어깨를 토닥거리며 그는 조금 전의 내 말투를 흉내냈다. 그래서 나는 그에게 웃어 보이며 하던 말을 계속했다.

"이렇게 마파람이 불어오면…… 다 젖어버릴 것 같거든요."

실은 영혼이 흠뻑 젖어버릴 것 같다는 생각을 하고 있었으나 너무 감상적인 말인 것 같아 슬쩍 얼버무렸다.

"그래서 결국 좋다는 얘기야?"

그는 여전히 내 어깨를 토닥거리고 있었다.

"나쁠 것도 없잖아요."

"있다면 어떡할 거야?"

"그게 뭔데요?"

"난 이런 마파람이 불어오면 실은 좀 걱정이 돼. 비가 너무 오지나 않을까 바람이 늙어버리지나 않을까."

"바람이 늙어버리다뇨?"

"기다리는 비는 안 오고 바람만 설설 치다 마는 걸 그렇게 말하지. 그럴 땐 뭐든지 말라 죽게 마련이야. 바람 때문에 이슬도 못 받아먹는다니까. 농부들의 생활이란 이래저래 근심투성이지."

"그런 게 있었군요. 전 역시 바보 편에 서 있는 것 같아요."

"미안해. 그런 뜻으로 한 얘기가 아니었는데. 난 아무래도 촌티를 벗을 수 없는가 봐."

"미안하긴요. 전 당신의 그런 점이 좋은걸요. 향토애는 종교의 시작이라고 하잖아요."

"향토애는 종교의 시작이라!"

그는 그 말이 몹시 마음에 드는지 몇 번이나 되풀이했다.

"누가 한 말이야?"

"그건 잘 모르겠어요."

실은 그 말은 준호아빠한테서 들은 말이었다.

남편은 나의 존재를 자신에게 확인시키려고나 하는 듯이 나를 꽉 껴안으며 한숨을 섞어 천천히 사랑한다고 말하였다. 나는 어쩐지 어색하기도 하고 답답하기도 해서 기침이 나오려는 것을 꾹 참으며 가볍게 대꾸했다.

"얼마만큼요?"

"은희엄마보다 더."

"그렇게 말하지 마세요. 아무리 과거의 사랑이라 해도 진실한 사랑이었다면 존중해주셔야죠."

"그건 그래. 하지만 난 당신한테서 한 시도 벗어날 수가 없으니……"

"벗어날 수 없는 사람은 바로 저 같은데요?"

그의 팔을 빠져나오며 내가 말했다.

바람이 한 가닥 거세게 들어오더니 빗방울이 떨어지기 시작했다.

"들어가서 주무세요. 노인들은 늘 감기에 걸리지 않도록 조심해야 돼요."

그의 기분이 우울해질까 봐 억지로 웃으며 내가 농담을 하자 그도 따라 웃었다.

"노인이라고? 당신 정말 경노사상이 형편없군그래. 내일은 꼭 이발소에 가서 염색을 해야지 안 되겠어. 머리가 이 모양이니 구박을 당할밖에."

"설마 제가 알아보지 못할 정도로 젊어져서 돌아오는 건 아니겠죠?"

"제발 그랬으면 좋겠어."

"하지만 전 당신이 갓난아기가 돼버릴까 봐 걱정이 되는데요?"

나는 어릴 적 엄마가 얘기해주신 '이상한 샘물'이라는 동화를 떠올리며 그렇게 말했는데 다행히 그도 그 얘기를 알고 있는 것 같았다.

"걱정 마. 샘물은 딱 한 바가지만 마시고 돌아올 테니까."

마실수록 젊어진다는 그 이상한 샘물을 어떤 욕심쟁이가 너무나도 많이 마신 탓에 젊어지다 못하여 갓난아기가 되어버렸던 것이다.

"당신이 욕심쟁이인지 아닌지는 내일 밤에 보면 알겠네요?"

"욕심쟁이라고 해도 좋고 욕심꾸러기라고 해도 좋아.

당신 앞에서 단 한순간만이라도 젊음을 과시할 수 있다면 말이야."

그날 밤 나는 그가 몹시 측은하게 느껴졌다. 그리고 나 자신 또한 그렇게 느껴졌다. 유리창을 두드리는 빗방울 소리와 그의 규칙적인 숨소리를 들으며 나는 생각해보았다. 그와 나를 측은하게 만드는 것은 무엇일까. 나는 왜 그를 사랑하지 못하는 것일까. 낮엔 대수롭지 않게 여겨지던 일들이 밤이 되면 홀연 의문부호를 달고 나타나는 것이었다. 그렇다고 해서 내가 무슨 육체적인 쾌락이니 뭐니 하는 것을 탐하였던 것은 결코 아니다. 탐하기는커녕 오히려 나는 그런 것과 상관없이 살고 싶었다. 만일 그렇게 살았더라면 남편과도 훨씬 더 가까워질 수 있었을 것이다. 그러나 그렇다고 말할 수는 없었다. 없었을 뿐더러 설령 말했다 하더라도 그는 전혀 이해하지 못했을 것이다. 어쨌든 그 점에 있어서만은 그는 나와 정반대로 생각하고 있었으니 말이다. 물론 나는 그저 그럭저럭 생각해보았을 뿐 그 정도의 문제를 가지고 뭐 그리 괴로워하거나 하지는 않았다. 혹은 괴로워하지 않기로 했다. 그래서 결국 의문부호가 있으면 있는 대로 없으면 없는 대로 문제 같은 건 멀찌감치 미뤄두고 나 또한 잠 속으로 빠져들었다.

꿈속에선 희미하게 준호아빠를 본 것 같았다. 어느 낯선 곳에서 어느 어렴풋한 이를 지나쳤는데 깨어나서 생각해보니 준호아빠인 것 같았다. 나는 나도 모르게 그의 모습을 자세히 기억하려고 애쓰며 자리에서 일어나 느릿느릿 습관적으로 옷을 갈아입고 나서 커튼 사이로 창밖을 내다보았다. 비는 그쳐 있었으나 푸르스름한 새벽빛을 받아 모든 것이 차갑고 축축하게 보였다.

나는 부엌으로 가려고 방문을 열었다. 그런데 평소와는 달리 문이 잘 열리지 않아 조금만 열고 밖으로 빠져나오다 보니 준호가 문에 기대어 웅크린 채 잠들어 있었다. 어리고 허약하던 준호! 내가 혼자서 자고 있었거나 아빠와 함께 자고 있었다 해도 그는 그렇게 캄캄한 문밖에서 소리없이 웅크리고만 있었을까. 내가 이불 속에 누워 편히 자고 있는 동안 그는 얼마나 견디기 힘든 무서움과 외로움에 떨고 있었던 것일까. 게다가 지난 밤엔 그렇게도 죽죽 비가 내렸던 것이다.

내가 안아 일으키자 준호는 잠결에 내 목을 팔로 감았다. 그리고 그의 방에 데려다 눕히자 눈을 뜨고 나를 한번 쳐다보더니 안심한 듯 아기처럼 미소짓고는 깊은 잠에 빠져들었다. 나는 치미는 울음을 참으며 한참 동안 잠든 그의 얼굴을 보고 있다가 아침밥을 지으려고 부엌으로 갔다.

날은 이미 완전히 새어 정향나무 우듬지에서 햇빛이 엷게 빛나고 있었다.

"엄마, 어디 아프세요?"

부엌에 들어온 은수가 물었다.

"당신, 어디 아픈 거 아냐?"

남편이 물었다. 그러나 나는 자꾸 목이 메어 뭐라고 대답할 수가 없었다.

"엄마, 준호가 열이 있는 것 같아요."

여늬 때처럼 부엌에 들렀다가 준호를 깨우러 그의 방에 갔던 은수가 부엌으로 다시 들어오며 말했다.

"그래서 그냥 뒀어요."

잘했다는 뜻으로 나는 고개를 끄덕였다.

"제가 할 테니까 준호한테 가보세요. 저도 잘해요."

은수가 자꾸 일손을 말리려 했으나 나는 고개를 저으며 하던 일을 계속했다. 왜냐하면 나 혼자만의 문제를 가지고 아침부터 남편 앞에서 울상을 지은 것도 미안하였고 영문도 모르고 안절부절하는 은수에게도 미안하였고 그렇게라도 움직이지 않으면 견디기가 더욱 힘들 것 같았기 때문이었다.

"어서 출근하세요. 전 아무렇지도 않아요."

아침식사가 끝났는데도 일하러 갈 생각은 하지 않고 공연히 집안을 왔다갔다 하는 남편에게 내가 말했다.

"홍 박사가 오기로 했어."

홍 박사는 남편의 고등학교 동창으로 의사였다.

"이만 일에 무슨…… 준호는 이따 제가 병원에 데리고 가면 되는데……"

"마음 쓸 것 없어. 홍 박사는 어차피 출근하는 길이니까."

"그래도……"

웬만큼 마음을 진정시키게 되자 나는 그만한 감정 하나 수습하지 못하여 공연히 집안을 어수선하게 만들고 여러 사람에게 번거로움을 끼치게 된 데 대해 스스로를 책망하지 않을 수 없었다.

"엄마, 울면 안 돼요."

학교 가는 길에 은수가 또다시 부엌으로 들어와서 말했다. 나는 창피해서 그의 얼굴은 쳐다보지도 못하고 고개만 끄덕였다. 그랬더니 그가 가방을 내려놓고 두 손으로 내 얼굴을 감쌌다.

"제 눈을 쳐다보세요."

나는 너무나도 뜻밖의 일이라서 그럴까 말까 망설일 겨를도 없이 그의 말대로 하고 말았다. 흰자위가 유난히

파랗던 그의 커다란 눈이 호소하듯 나를 내려다보고 있었다.

"이제 웃어보세요."

나는 갑자기 온몸의 피가 얼굴로 솟구쳐 불덩이처럼 타오르는 것을 느꼈다.

"걱정 마세요. 아버진 거실에서 전화하고 계시니까요."

내가 반사적으로 주위를 살피자 그가 목소리를 낮추어 그렇게 말했다.

"빨리 웃지 않으시면……"

그는 뭔가 말하려다 말고 입술을 깨물었다.

나는 웃을 수 없었다. 오히려 울고 싶었다. 하지만 그의 눈 속에 비친 조그만 나는 다급하게 미소를 짓고 있었다. 내가 빨리 웃지 않으면 그가 할지도 모를 그 뭔가가 두려워서였을까. 어쨌든 나는 다급하게 미소지었다. 그러자 그가 내 얼굴에서 손을 떼며 다정하게 속삭였다.

"됐어요. 이제 절대로 울면 안 돼요."

그리고는 급히 밖으로 나갔다.

갑자기 모든 것이 뭉개지며 움직이기 시작했다. 식탁도 의자도 벽에 걸린 반 고흐의 별밤도 모두 한데 엉켜 꿈틀거리며 공중으로 둥둥 떠오르더니 다시 비틀비틀 발 아래로 미끄러져 내리기 시작했다. 나는 쓰러질 것만 같아 찬장에 기대어 눈을 감았다. 그러자 현관문이 딸랑거리며 홍 박사와 남편이 주고 받는 말소리가 들려왔다. 나는 얼른 나가서 인사도 하고 준호방으로 안내도 하고 차도 끓여야 한다고 생각했다. 그러나 어지러웠다. 어지러웠을 뿐만 아니라 은수의 손이 닿았던 얼굴이 아직도 데일 듯 뜨거워 숨쉬기마저 곤란하였다.

가까스로 부엌문을 열고 나가자 홍 박사가 내게로 다가왔다.

“전 괜찮아요. 아픈 건 제가 아니라……”

“걱정 마십시요. 아드님도 봐드리겠습니다.”

홍 박사의 지시대로 나는 거실 소파에 누워 체온계를 입에 물었다. 남편이 걱정스런 얼굴로 나를 지켜보고 있었다. 나는 모든 것으로부터 도피하듯 눈을 감았다. 그러자 내 몸이 밑으로 밑으로 가라앉아 어디론지 떠내려가는 듯한 느낌이 들었다. 맥박을 재기 위해 내 손목을 잡고 있던 홍 박사의 손의 감촉 또한 아득히 먼 곳으로부터 밀려온 미적지근한 부유물처럼 느껴졌다.

“머리가 심하게 아프십니까?”

체온계를 쳐들어 눈금을 읽으며 홍 박사가 물었다.

눈을 뜨자 나는 이미 현실에 상륙해 있었다. 아니 한번도 현실을 떠난 적이 없었다.

"아뇨. 조금 어지러울 뿐이에요."

"열이 있으니까 더 예쁘십니다. 며칠 누워서 엄살을 좀 하십시요. 그래야 제가 또 올 것 아닙니까."

홍 박사는 다소 비대한 몸을 흔들며 유쾌하게 웃었다. 그래서 나도 분위기가 다시 무거워지지 않도록 애써 따라 웃으며 농담을 했다.

"제가 아주 박사님 병원에 입원을 하면 어떻겠어요?"

"모르긴 해도 이 친구가 안 보내줄걸요."

"당연하지. 그걸 말이라고 하나?"

남편도 한 몫 거들었다.

"그럼 다음 환자한테로 가볼까?"

홍 박사가 일어서길래 나도 몸을 일으켰다. 아직도 조금 어지러웠다.

"괜찮겠어?"

남편이 내 팔을 잡으며 말했다.

준호는 그때까지 자고 있었으나 우리가 들어가는 서슬에 잠에서 깨어났다. 얼굴은 물론 눈까지 벌겋게 충혈된 그는 진찰을 하는 동안에도 기침을 했다.

"가서 바로 간호원을 보내겠습니다."

현관을 나서며 홍 박사가 말했다.

"아녜요. 제가 그냥 데리고 나갈께요."

"큰 환자가 작은 환자를 데리고 오시겠다는 겁니까?"

그는 또 웃었다.

"저는 환자가 아네요."

"제가 보기엔 새신랑만 빼놓고 가족 모두가 환자인 것 같습니다."

홍 박사는 기회만 있으면 남편을 새신랑이라고 놀렸다.

"은수도 대문 밖에서 마주쳤는데 얼굴이 약솜처럼 하얗더군요."

제12장

빗방울

그날 밤 은수는 매우 늦게 집에 들어왔다. 나는 준호에게 약을 먹여 재워놓고 남편 역시 잠드는 것을 보고 나서 거실에 우두커니 앉아 자신 속으로 파고들었다. 이제 열도 내리고 어지럽지도 않았으나 감당할 수 없는 불안과 고통이 키를 넘는 물살처럼 나에게 밀려들었다. 창밖에선 또다시 부슬부슬 비가 내리고 있었고 청개구리 한 마리가 유난히 높은 소리로 울고 있었다.

"아직 안 주무셨어요?"

얼마나 시간이 흘렀을까. 은수가 거실 입구에 서 있었다. 그의 모습을 보자 다시 어지러워질 것 같았으나 나는 되도록 태연하게 대꾸하려고 노력했다. 그 역시 그런 것 같았다.

"대문 열쇠를 가지고 나갔었어?"

"예. 준호는 좀 어때요?"

"괜찮아."

"아버지는요?"

"잠드셨어."

"엄마는요?"

"나? 나는 여기서 생각중."

"무슨 생각요?"

"여기서 할 수 있는 생각 모두."

"이를테면요?"

"이를테면, 은수는 여태까지 어디 있었을까, 비까지 오는데 왜 이제야 돌아온 것일까, 뭐 그런 생각."

"앵무새섬에 갔다가 지금 막 돌아오는 길이에요. 비 맞은 중은 어떤 기분일까 궁금해서요. 전 어차피 동냥중이잖아요."

그는 연극 대사와 자신의 생각을 뒤섞어 말하고 있었다.

"그래 비 맞은 중의 기분은 어땠어?"

"그건 놀라운 나라예요. 새들이 사는 나라거든요. 사람은 하나도 없어요. 그런데 새들은 말도 안 하고 걸어다니지도 않고 그저 노래나 하고 날기만 하죠."

그는 내 질문과는 상관없이 자기 하고 싶은 말만을 계속했다. 그러나 그로서도 그런 말들을 꼭 하고 싶어서 그랬던 것만은 아니었는지도 모른다. 다만 나와의 침묵이 두려워 뭔가를 말해야만 했으므로 그렇게 거실 입구에 어색하게 서서 연극 대사를 되는대로 바꾸어가며 중얼거려야 했는지도 모른다.

"새들은 저를 그저 날개도 없는 하잘것없는 동물로 생각하지 뭐예요. 그리고 저하고는 아무런 관계도 맺으려 들지 않는 거예요. 만일 그러지 않는다면 저는 그 새들의 보금자리 속에다 조그만 오막살이를 하나 짓고 바다 물결 소리를 들으며 일생을 보낼 수 있을 텐데……"

"옷 갈아입고 내려와. 장미차 끓여줄께."

그의 말이 잠깐 중단된 틈을 타서 내가 말했다. 은수는 장미차를 좋아하였다.

"그럴께요. 비 맞은 중에다 감기 걸린 중까지 되고 싶진 않으니까요."

그는 기분이 나아진 듯 씩 웃고 나서 계단을 올라갔다.

나는 그와 친구처럼 허물없이 지내고 싶었다. 다 자란 그에게 엄마 노릇을 한다는 것은 상상할 수도 없는 일이었고 하고 싶지도 않았다. 그 역시 그러길 바라지는 않는 것 같았다. 때로는 어린아이처럼 나에게 손을 뻗치는 경우도 있었지만 꼭 무엇을 잡기 위해서라기보다는 단지 그렇게 해보고 싶어서 그런다는 것을 알 수 있었다. 그럴 때면 나는 모정에 대한 본능적인 그리움의 표시라고 생각되어 가엾게 느껴지기도 했다. 한 번은 그가 이렇게 말한 적이 있었다.

"왜 엄마는 준호만 예뻐하세요?"

물론 그것은 농담이었다. 하지만 그 말을 듣는 순간 나는 얼마간 당황했던 게 사실이다. 그때 우리는 모두 식탁에 둘러앉아 아침식사를 하고 있었는데 내가 준호에게 생선 가시를 발라주고 있었던 것이다.

"자, 콩쥐도 먹어볼 테야?"

준호에게 해주듯이 생선의 살점을 열 살배기가 된 은수의 숟가락에 놓아주며 내가 말하자 그는 허겁지겁 먹는 시늉을 하더니 아버지한테 이렇게 일러바치는 것이었다.

"엄마는 맛있는 건 준호한테 다 주고 저한테는 일만 시켜요."

"아니 당신, 어린것한테 무슨 일을 그렇게 시키는 거야?"

남편도 시치미를 떼고 한 몫 거들었다. 그래서 나는 꼼짝없이 못된 계모역을 맡아야 했다.

"많이 시킨 건 없어요. 밭을 조금 매라고 했고 나무를 조금 해오라고 했고 방아를 조금 찧으라고 했고 물을 조금 길어오라고 했을 뿐인걸요. 모두 조금씩밖에 시키지 않았어요."

"그것 보세요, 아버지. 전 극심하게 구박을 당하고 있다구요."

"그렇다면 꽃신을 한 짝 흘려보지 그러냐."

"요즘 꽃신값이 얼마나 비싼 줄이나 아세요?"

"얼마나 비싼데?"

은수는 대답 대신 아버지 앞에 손을 내밀었다. 그렇게 해서 그날 아침 식탁에서의 즉흥극은 남편이 은수에게 보너스 용돈을 주는 것으로 막을 내렸다.

"엄마, 우리 이 돈으로 좋은 데 가요. 차도 마시고 음악도 듣고 새우튀김도 먹구요."

은수의 말을 듣자 나는 갑자기 윤영이도련님 생각이 났다. 은수와 같은 대학교에 다니고 있던 그. 보너스 용돈은커녕 그냥 용돈 한번 넉넉하게 받아본 일이 없던 그라면 이 돈으로 무얼 할까. 아니 무얼 하고 싶을까. 그 역시 좋은 데 가서 차도 마시고 음악도 듣고 새우튀김도 먹고 싶을까.

"엄마하고 같이 나간다면 정말 멋질 거예요."

은수는 다소 흥분한 것 같았다.

"난 집이 제일 좋아."

"그래도 가끔 바람을 쐬는 건 나쁘지 않아요. 제가 예쁜 모자도 사드릴께요."

"모자는 벌써 있는데 뭐."

"그건 제 꺼잖아요."

"나한테 주었으니 내 꺼지 왜 은수 꺼야?"

"그건 그래요. 엄마한테 잘 어울리기도 하구요. 하지만 리본이 달린 모자를 쓰신다면 정말 굉장할 거예요."

"고마워."

"그럼 함께 나가시는 거죠?"

"누가 나가겠다고 했어? 고맙다고 했지."

"엄마는 제가 울면서 떼를 써야 승낙을 하시겠어요?"

"이제 알았어? 엄마들은 쉽사리 넘어가지 않는 법이야."

"엄마는 지금 이렇게 말하고 싶으신 거죠? 바람이라면 창문으로도 얼마든지 들어오고 음악이라면 매미 소리로도 충분하다구요."

"냉장고랑 세탁기 돌아가는 소리는?"

"그건 소음이잖아요."

"마음이 평온할 땐 모든 소리가 아름답게 들려. 소음까지도. 만일 오선지에 표시된 것만이 음악이라면 음악은 너무나 많은 것을 놓치고 있는 거야."

"새우 튀기는 소리라면 훨씬 더 감동적일 것 같은데요?"

"그러고 보니 은수, 새우튀김 먹고 싶구나?"

"그럼 같이 나가시는 거죠?"

"누가 나가겠다고 했어? 새우튀김 먹고 싶구나, 했지."

"그 말이 그 말 아녜요?"

"그 말은 내가 만들어주겠다는 뜻이야."

"만들 줄 아세요?"

"만들 줄이야 알지만 맛이 있을지 없을지는 모르겠어."

"맛이야 엄마가 쳐다보기만 해도 저절로 생겨나는 걸요."

"말도 안 돼. 난 아직 자격미달이야. 할머니 정도는 돼야지."

"할머니는 튀김요리를 좋아하지 않으셨어요. 그건 음식을 줄여 먹는 거래요."

"할머니하고는 쭉 함께 살았어?"

"아뇨. 몇 년 전까지만 해도 외할머니하고 살았어요. 그 할머니는 외할머니께서 돌아가신 뒤에 오신 거예요."

"외할머니 손에서 자랄 수 있었다니 정말 다행이야."

은수와 나는 매우 잘 지내는 편이었다. 그래서 친구

처럼 지내고 싶었던 나의 바람은 그럭저럭 이루어지는 것 같았다. 그러나 그날 아침 그의 손이 내 얼굴에 닿은 순간부터 우리 사이의 우정은 기묘한 양상을 띠기 시작했다.

"연극하는 날 오실 거죠?"

옷을 갈아입고 내려와 장미차를 마시며 은수가 말했다. 은은한 장미향기와 방금 샤워를 마친 그의 몸에서 나는 비누향기가 한 데 어울려 방황하듯 우리 주위를 잠시 떠돌더니 찻잔에서 오르는 수증기를 타고 조금씩 조금씩 퍼져나갔다.

"가고 싶긴 하지만 꼭 저녁 지을 시간이라서 어떨지 모르겠어. 난 연극에 대해서 아는 바도 없고."

조금씩 조금씩 퍼져나가던 장미향기와 비누향기는 어느새 거실을 가득 채우더니 밖으로 나가고나 싶은 듯이 유리창으로 바싹 다가가 뿌옇게 엉겨붙었다.

"모르긴 저도 마찬가지예요."

"그럴 리가……"

"그냥 보면 되는 거죠, 뭐. 아버지하고 같이 오세요. 준호도 데리구요. 연극이 끝나면……"

밖에선 빗방울이 점점 굵어지고 있었고 그는 뭔가 감추기라도 하려는 것처럼 지나치게 명랑한 목소리로 연극이 끝난 뒤의 그럴듯한 저녁식사니 뭐니에 대한 여러 계획들을 잔뜩 늘어놓고 있었다.

"전에도 아버지가 보러 가시곤 했었어?"

그의 말이 끝나길 기다려 내가 물었다.

"아뇨. 아버진 늘 바쁘셨어요. 보러 오시라고 할 만큼 제가 큰 역을 맡아본 적도 없었구요. 몇 마디 중얼거리거나 그냥 지나가는 게 고작이었으니까요. 이번처럼 기막힌 역은 처음이에요."

"그다지 기막히지도 않던데 뭘."

나는 사뭇 태연하게 농담을 했다.

"물론 주인공은 아니죠."

은수는 염치없는 듯한 미소를 지었다.

"하지만 주인공의 친구인걸요. 전엔 친구의 친구도 못해봤어요."

"좋아. 그럼 기막힌 걸로 해두지."

"꼭 오셔야 돼요. 엄마가 안 오시면 전 죽을 때까지 무대 위에 서 있을 거예요."

"협박하는 거야?"

그는 술잔을 비우듯 장미차를 단숨에 쭉 들이켰다. 그리고는 나를 쳐다보았다.

"전 엄마에게 하고 싶은 말이 너무나 많아요."

갑자기 조용해진 그의 목소리를 듣자 나는 몹시 불안해졌다. 그가 무슨 말을 하고 싶어 하는지 정확히 알 수는 없었지만 아무래도 나를 다시 현기증으로 몰아넣을 말일 것만 같아 얼른 그의 말을 가로막았다.

"표현되지 않은 말보다 아름다운 말은 없을 거야."

그는 괴로운 듯 한숨을 길게 내쉬며 어두운 창밖을 내다보았다. 빗방울이 점점 더 굵어지고 있음을 느낄 수 있었다.

"아버지에 대해서 어떻게 생각하세요?"

그는 느닷없이 그렇게 물었다. 나는 너무나도 뜻밖의 질문에 가슴이 두근거리기까지 했으나 솔직히 대답하기로 했다.

"고맙게 생각하고 있어."

"그것뿐이세요?"

"그리고……"

나는 어쩐지 남편에게 못할 짓을 하는 것 같아 말문이 막혔다.

"……사랑해야 한다고 생각하고 있어."

점점 더 굵어지던 빗방울은 이제 세찬 빗줄기가 되어 마구 쏟아지고 있었다.

"가엾은 엄마! 아버지한테 빚이 있다고 생각하시는

군요."

그는 그렇게 말하며 창가로 걸어가 덧문을 닫았다. 그러자 세차게 쏟아지던 빗줄기도 장미향기와 비누향기를 싣고 가 유리창에 서려 있던 수증기도 갑자기 덧문 밖으로 사라지고 말았다.

"엄마까지 감기 드시겠어요."

"난 아무렇지도 않아."

"떨고 계시잖아요."

"어떻게 알았어?"

나는 되도록 그 무겁고도 어색한 분위기에서 벗어나기 위해 늘 하던 말투로 그렇게 말했으나 그는 넘어가지 않았다.

"엄마, 전 비를 보고 있으면 빗방울이 되고 싶어져요. 나뭇잎에 떨어지고 땅속으로 스며들어 뿌리를 적시는 거예요. 그리고는 축축한 수액이 되어 가지 끝까지 올라가는 거죠. 그러면 엄마가 그 나무를 쳐다보시겠죠. 아니면 그대로 땅속 깊이 들어가 다시는 땅 위로 올라오지 않는 거예요. 그러면 엄마가 그 위를 밟고 지나가시겠죠."

자신의 내면에 속삭이는 듯한 은수의 목소리는 덧문을 뚫고 들려오는 빗소리와 함께 내 가슴을 때렸다.

"그렇지만 전 빗방울이 아닌걸요. 이렇게 덩치 큰 인

간으로 살아가지 않으면 안 되는걸요. 제가 빗방울이라면…… 제가 정말 아주 작은 빗방울이라면 지금보다 훨씬 나은 생을 유지할 수 있을지도 모르는데…… 정말 그럴 수 있을지도 모르는데……"

"은수에게 부탁이 있는데 들어주겠어?"

나는 우리가 더 이상 혼란에 빠지지 않도록 하기 위해, 그리고 정말 그에게 부탁이 있었으므로 그렇게 그의 말을 차단했다.

"설마 엄마 주위에 얼씬도 하지 말라는 부탁은 아니겠죠?"

돌아서서 나를 쳐다보며 은수는 힘없이 미소지었다.

"그보다 훨씬 어려운 부탁이야."

나도 그를 보며 웃어주었다.

"저에게 그보다 어려운 부탁이란 있을 수 없어요."

"들어보면 그렇지 않다는 걸 알게 될 거야."

"뭔데 그러세요?"

"뭐냐 하면…… 은수가 준호하고 밤에 같이 자면 어떨까 해서……"

나는 말을 잇기가 매우 거북하였다.

"어이없는 부탁이라고 하겠지만 나에게는 절실한 문제야. 준호는 여기 오기 전까진 내내 나하고 함께 잤었거든.

그 앤 지금 몹시 외로워하고 있어. 아직 어린 데다가……"

나는 아무래도 눈물이 나올 것만 같아 말을 중단하고 탁자 위에 뿌려진 조그만 색종이별들을 바라보았다. 색종이별들이란 준호가 쓰다 버린 색종이 조각들로 별 모양을 오려 탁자를 덮은 투명한 유리 밑에 내가 끼어넣은 것이었다.

"왜 진즉 말하지 않으셨어요? 아침부터 엄마를 괴롭힌 게 바로 그것이었군요."

창가에 서 있던 은수가 내게로 걸어오며 말하고 있었다.

"그런데도 난 까맣게 모르고 있었다니!"

"그럼 까맣게 모르지 하얗게 모르겠어?"

눈물을 삼키며 가까스로 농담을 건네자 은수는 내 마음을 조금이라도 가볍게 해주려는 듯 일부러 즐거운 표정을 지으며 준호와 함께 자면 어떠한 점들이 좋은가에 대해서 열심히 설명하기 시작했다.

제13장

피리장이

"어때요?"

나는 남편 앞에서 새 옷을 입어보았다. 내가 연극에 출연하는 것도 아니고 단지 구경하러 가기 위해 옷을 새로 사 입는다는 게 아무래도 필요 이상의 겉치레인 것 같았으나 남편이 하도 주장하는 바람에 그리되고 만 것이었다. 옷은 리본과 레이스로 장식된 검정 원피스였는데 그렇게 예쁜 옷을 입어보기는 처음이라서인지 다소 설레었다.

"꼭 물잠자리 같은데?"

"그런 잠자리도 있어요?"

"그럼. 요즘에야 어떨지 모르지만 예전엔 많이 있었어. 아주 새까만 놈들이었지."

"날개까지 까맸었단 말예요?"

"그랬었지. 그놈들 날개가 어찌나 까맣던지 꼭 무슨 우단 같았어. 찐드기도 잘 붙지 않았다니까."

"찐드기라뇨?"

"거미줄로 찐드기를 만들어서 잠자릴 잡곤 했었지."

"왜요?"

"그냥 별 생각 없이 잡곤 했어."

"잡아서는요?"

"잡아서는 뭐 대개 장가보냈지."

"장가보냈다구요? 어떻게요?"

"잠자리 꼬리를 끊어내고 밀짚이나 보릿짚 같은 것을 거기에 꽂아서 날려보내는 거야."

"어떻게 그런 일이……"

나는 갑자기 가슴이 답답해지는 것을 느꼈다. 아이들이 별다른 생각도 없이 잠자리를 잡아 잔인하게 죽이곤 했다는 것이다. 어느 한순간 별 생각도 없는 어느 아이의 손아귀에서 아무런 의미도 없이 고통스럽게 죽어가기 위해 그들은 알에서 깨어나 힘겨운 애벌레 시절을 거쳐 그렇게도 어여쁜 날개를 달았던 것이다.

"형수님이 냇가에서 빨래를 하실 때면 그놈들이 날아와서 날개를 접고 주변에 앉곤 했었지."

남편은 내 기분을 아는지 모르는지 계속 옛날을 회상하고 있었다.

"요즘은 다 없어지고 말았어. 아마 그런 거미줄도 찾아보기 힘들 거야. 찐드기를 만드느라고 엉망으로 쑤석거려놨는데도 다음 날 가보면 어김없이 그 자리에 또 걸려 있었거든. 거짓말 좀 보태면 진짜 안반 만했어. 거미는 참 부지런한 놈들이야."

"거미까지 못살게 굴었단 말이죠?"

"그땐 다들 그냥 그랬어."

나는 준호가 옆에 없어 다행이라고 생각하며 새 옷을 벗었다. 그만 벗고 싶었던 것이다.

"왜 그래? 제대로 입어보지도 않고."

남편이 그제서야 뭔가 이상한 기미를 눈치챘는지 정색을 하고 물었다.

"다음에 다시 입어볼께요."

"왜, 옷이 마음에 안 들어?"

"아뇨. 아주 마음에 들어요."

"그런데 왜 그래? 아, 잠자리 때문인가? 이런 바보같이……"

그는 내 얼굴을 살피며 어이없다는 듯한 미소를 지었다.

"그까짓 일을 가지고 마음 상하다니, 참!"

"그까짓 일이라구요? 그건 아주 몹쓸 짓이에요."

"다 지나간 일이야. 철모르고 한 짓인데 뭘. 잊어버려."
"그래야겠죠."
"내가 공연한 얘길 한 것 같군. 자, 어떻게 하면 다시 새 옷을 입어볼 수 있을까?"
그는 내 기분을 돌려놓으려고 애쓰고 있었다. 그래서 나는 자칫 그의 기분까지 망쳐놓게 될까봐 그쯤에서 대강 물러서기로 했다. 어차피 돌이킬 수 없는 과거의 잘못이었으니 말이다.
"그들에게 참회하겠다면 다시 입어볼 수 있어요."
"참회?"
"당신이 어린 시절에 희생시킨 모든 생물들에 대해 진심으로 참회하겠다면 말예요."
"알았어. 진심으로 참회하지. 하고말고. 내가 죽인 놈들에 대해선 물론이고 다른 녀석들이 죽인 놈들까지 합해서 모두 다 참회하지."
그는 타협안이 생긴 것에 매우 즐거워하고 있었다. 그러나 나는 쉽사리 즐거워질 것 같지 않았다. 하지만 공연히 투정을 부린 것 같아 쑥스럽기도 하고 그래저래 어색하기도 해서 그러한 내 입장을 다소 얼버무리기 위해 새 옷을 다시 입고 돌아서서 리본을 매며 이렇게 말했다.
"당신 지금 설마 저에게 찐드길 대려는 건 아니겠죠?"

그러자 그는 대답 대신 갑작스럽게 뒤에서 나를 껴안더니 이렇게 말하는 것이었다.

"내가 꿈을 꾸고 있는 건 아니겠지?"

나는 사실 좀 놀랐지만 짐짓 태연한 척 대꾸해주었다.

"꿈이라면요?"

"그럴 순 없어."

"그래도 꿈이라면요?"

"깨지 않겠어."

"언제까지요?"

"영원히."

"전 그만 깨고 싶은걸요."

"진심이야?"

"그럼요. 리본이 다 구겨지고 있잖아요."

그는 팔에 힘을 주어 한번 꽉 껴안고 나서야 나를 놓아주었다. 그 바람에 나는 숨이 막힐 것 같아 두어 번 헛기침을 했다.

"아무래도 홍 박사님한테 진찰을 받아봐야겠어요."

물론 그것은 내가 농담으로 한 말이었다. 그런데도 그는 걱정하는 빛을 보였다. 은수 어머니를 잃은 경험이 있어 건강에 몹시 민감한 것 같았다.

"왜, 어디 아파?"

"당신이 너무 세게 껴안는 바람에 폐가 아주 납작해졌지 뭐예요. 한 번 더 그러시면 완전히 찌그러질 거예요."

나는 일부러 기침을 몇 번 더 했다. 그랬더니 그도 재미있는 듯 장단을 맞추었다.

"언제부터 그래?"

"지금부터요."

"업어주면 나을 것 같아?"

"아뇨. 그러면 신경쇠약까지 걸리고 말 거예요."

"신경쇠약?"

"당신의 관절들이 삐걱거리는 소리를 들으며 업혀 있다고 상상해보세요."

"뭐라고?"

그는 나를 쳐다보며 큰 소리로 웃더니 웃음을 정리하려는 듯 헛기침을 한 번 하였다. 그래서 내가 기회를 놓치지 않고 이렇게 말해주었다.

"가슴이 아프시죠? 진실은 항상 가슴을 자극하거든요."

그러자 그가 손바닥으로 자신의 가슴을 가볍게 치며 응수해왔다.

"걱정 마. 내 가슴은 진실 정도엔 끄떡도 하지 않으니까."

"그럼 무엇에 끄떡하죠?"

"진실 아닌 것에 끄떡하지."

"이를테면요?"

"이를테면 당신의 기침이라든가 뭐 그런 것들 말이야."

"제 기침이 진실이 아니라고 생각하세요?"

"진실보다 더 무서운 것이라고 생각해."

"그게 뭔데요?"

"그게 뭐냐 하면…… 글쎄…… 뭐라고 해야 할까…… 피리소리라고나 해야 할까? 당신도 알지? 그 왜 쥐들을 모두 강물에 빠뜨리고 아이들을 모조리 동굴 속으로 데려간 피리장이의 이야기 말이야. 그에겐 특별한 힘이 있었거든. 인간의 능력으로는 도저히 제어할 수 없는 엄청난 마력과도 같은 그런 어떤 힘이 말이야."

그는 갑자기 진지하게 말하고 있었다.

"그때는 미처 깨닫지 못했는데 이제 알 것 같아."

"그때라뇨?"

"당신을 처음 만났을 때 말이야. 마음이 어찌나 산란하고 조급하던지 당신을 따라가지 않고는 배길 수가 없었어. 지금 생각해보면, 그건 바로 피리소리 때문이었던 것 같아. 난 그 소리에 이끌렸던 것이야."

"공연히 절 피리장이로 몰아세우지 마세요. 전 피리를

분 적도 없고 당신에게 따라오라고 손짓한 적도 없으니까요."

"그건 그래. 그러니까 내 말은 당신이 피리를 불었다는 게 아니라 당신을 보자마자 그냥 뭐 그런 이상한 느낌이 들었는데…… 그게 말하자면 그 이상한 피리소리를 들은 것 같은 뭐 꼭 그런 느낌이 들더라는 것이지. 그리고 실은 지금도 계속 들려오고 있는 형편이라서…… 그러니까 그게 결국 나로 말하자면……"

그는 생각이 제대로 정리되지 않는 듯 말을 더듬거렸다. 그래서 내가 슬쩍 끼어들었다.

"참 딱한 귀로군요. 전 그냥 기침을 했을 뿐인데."

"다 마찬가지야. 기침을 하건 농담을 하건 당신에게 속해 있는 것들은 모두 피리소리가 되어버리니까."

"저에게 관심을 기울인 건 제가 은수 어머님과 닮았기 때문이라고 하지 않으셨어요?"

"나도 그런 줄로만 알았었어. 하지만 지금은 아냐. 당신이 그 사람과 전혀 닮지 않았다 해도 내가 당신의 포로이기는 마찬가지일 거야."

"당신은 아직도 은수 어머님을 잊지 못하고 계신 줄 알았는데요?"

"그야 그렇지. 하지만 당신에게서 느끼는 것과 같은 감정은 처음이야."

"첫사랑이란 말인가요?"

나는 손가락으로 피리 부는 시늉을 하며 가볍게 웃었다. 왜냐하면 뜻하지 않은 사랑 이야기로 분위기가 다시 어색해지고 있었기 때문이다. 물론 그가 나를 그렇게까지 사랑해주는 데 대해선 고맙게 생각했다. 그러나 고마움이 곧 사랑이 될 수는 없었다.

"이 나이에 첫사랑이라니 우습지?"

그의 쑥스러워하는 미소를 대하자 나는 말할 수 없는 가책을 느꼈다. 그가 대놓고 나에게 사랑을 요구한다거나 나의 냉담을 꾸짖는다거나 하지는 않았지만 내 앞에서 사랑을 얘기할 때면 나는 늘 마음이 무겁고 혼란스러웠던 것이다. 그러한 나의 심중을 알고 있기라도 한 것처럼 그는 이렇게 덧붙였다.

"부담스러워할 것 없어. 늙은인 망령이 들게 마련이니까. 자, 아까처럼 웃어봐. 당신은 웃을 때가 제일 예쁘다고 내가 말하지 않았던가?"

그는 오히려 나를 달래고 있었다. 숱이 적은 염색한 머리칼과 산그늘처럼 드리운 눈 그림자 저편에서 그의 피로한 영혼이 잃어버린 청춘을 찾아 헤매고 있는 것만 같았다.

"전 당신을 좋아해요."

조그만 목소리로 내가 말했다.

"하고 싶지 않은 말은 하지 않아도 돼."

"하지만 전 당신을 좋아하는걸요."

나는 그를 좋아했다. 그의 친절함과 온화함, 나에 관해서라면 아무리 작은 일이라 할지라도 마음을 기울여 보살펴주는 성실함 등이 마치 아버지한테서 느끼는 것과 같은 포근함을 가져다주었다. 물론 아버지 없이 자란 내가 아버지에 대해 운운한다는 것이 우스운 일이기는 하지마는 어릴 적부터 간직해왔던 아버지에 대한 동경을 그가 한꺼번에 채워주었기 때문에 나에겐 어쩌면 진짜 아버지보다도 그가 더욱 아버지답게 느껴졌는지도 모른다.

그와 함께 있으면 졸음이 올 정도로 편안하였으며 생활에 대해 걱정하지 않아도 된다는 안도감에 얼마든지 느긋해질 수가 있었다. 그러나 일단 그가 사랑에 관해 얘기하기 시작하면 순식간에 나의 평화는 깨져버리고 마는 것이었다. 내가 그의 딸이 아니라 아내라는 생각, 그가 나를 사랑하는 만큼 아니 그 반의 반만큼이라도 그를 사랑해야 한다는 생각 등이 머릿속에 파고들어 나는 내 현실 전체가 뒤틀린 게 아닌가, 하는 두려움에 가슴이 조여들기도 했다. 나는 그를 좋아할지언정 사랑할 수는 없을 것 같았다. 사랑을 마음대로 조절할 수 있다면 얼마나 좋을까, 하고 수없이 생각해보았다. 그리고 그가 차라리 예전처럼 은수 어머니에 관해 자주 얘기하기를 바랐다. 그러나 그는 점점 그녀에 대해 얘기하지 않게 되었다.

"진심이라면 다시 한번 말해줘."

'사랑한다'도 아닌 '좋아한다'는 한 마디에 그토록 행복해하는 그의 모습을 대하자 더욱 측은한 생각이 들었다. 그래서 나는 그러한 나의 속마음을 눈치채이지 않으려고 일부러 명랑하게 대꾸해주었다.

"진심이지만 전 되풀이를 좋아하지 않아요."

"대체 얼마짜린데 그렇게 비싸게 구는 거야?"

그 역시 명랑해지려고 노력하는 것 같았다.

"얼마짜리도 아니예요. 제 말은 값으로 따질 수 없는 정도의 값이니까요."

"정말 비싸군그래."

"하지만 은수 연극하는 날 함께 가주신다면 딱 한 번은 더 말할 수 있어요. 어떤 일이 있더라도 꼭 가주신다면 말예요."

"아니 그렇게 싸단 말야?"

"그 말은 흥정이 이루어졌다는 뜻이겠죠?"

"물론이지. 하지만 너무 헐값인 것 같은데?"

"그럼 뭐든 선물을 하나 얹어주세요. 저녁식사라든가 샴페인이라든가."

나는 며칠 전 은수가 거실에서 잔뜩 늘어놓던 계획들을 실현시켜주고 싶었다.

"좋아. 거기다 특별선물을 하나 더 얹어주지."

"그게 뭔데요?"

"뭘 받고 싶어?"

"뭐든 사주실 거예요?"

"그럼."

"솔직하게 말해도 되는 거죠?"

나는 아무래도 쓸데없는 감상이 따라붙을 것만 같아 일부러 웃고 명랑하게 말하려고 노력했다. 그럴 것이 누구에게서 무슨 선물을 받고 싶은가 하는 질문을 받아보기는 태어나서 그때가 처음이었기 때문이다. 그 선물이 큰 것이든 작은 것이든, 그 선물을 주려는 사람이 진심으로 말했든 그러지 않았든간에 말이다.

"당연하지. 솔직하게 말하지 않으면 취소할 거야."

"그럼 홍옥으로 된 목걸이를 사주세요."

나는 언젠가 마당에서 은수가 말한 그 사과 이름과 똑같은 빨간 보석을 갖고 싶었던 것이다. 아니 실은 갖고 싶었다기보다는 어떻게 생겼는지 한번 보고 싶었던 것이다.

"목걸이에 귀걸이 반지까지 다 해주지."

남편의 그 말을 듣는 순간 나는 평생 보석이라고는 몸에 지녀본 적이 없으셨던 엄마 생각이 나서 아무래도 이번엔 감상에 질 것만 같았다. 그래서 그를 이기기 위해서는 좀 더 노력을 기울이지 않으면 안 되었다. 그러나 그것은 결코 쉬운 일이 아니었다. 왜냐하면 노력이고 뭐고 해볼 겨를도 없이 발빠른 눈물방울들이 어느새 눈으로 가득히 모여들었기 때문이다. 모여들었을 뿐만 아니라 목소리까지 위협하여 우스꽝스럽게 만들어버렸기 때문이다.

"목걸이 하나면 돼요."

"이런 바보같이……"

남편이 내 어깨에 손을 얹으며 다정하게 말하였다.

이층에선 준호와 은수가 무슨 장난을 하는지 쿵쾅거리는 소리가 들려오고 있었고 열어놓은 창문으로 들어온 흰나비 한 마리가 화장대 주위를 날아다니고 있었다.

제14장

밀회

"엄마, 저게 형이야?"

은수가 무대에 나오자 옆자리에 앉아 있던 준호가 나에게 가만히 물었다.

"응."

"아닌 것 같아."

은수는 긴 옷을 입고 머리에 흰 칠을 하고 수염을 길게 붙이고 구부정하게 서서 귀에 익은 대사를 말하고 있었다.

나는 연극을 직접 관람하기는 처음이라서 모든 것이 신기하고 훌륭하게 느껴졌다. 그래서 다음날 은수에게 그렇게 말했더니 그는 어이가 없는 듯 웃으며 "우린 겨우 흉내낸 정도에 불과해요. 진짜 연극이 얼마나 멋있는지 다음에 꼭 보여드릴께요."라고 말했다. 그러나 나는 그 연극이 정말 좋았으므로 "아무리 그래도 난 은수의 연극을 잊지 못할 거야. 정말 훌륭했어."라고 말하지 않을 수 없었다. 어쨌든 그건 다음날의 일이고, 무대 위에선 아말소녀이 동냥중에게 앵무새섬은 어떤 곳이냐고 묻고 있었다.

"그건 놀라운 나라란다. 새들이 사는 나라야. 사람은 하나도 없지. 그런데 새들은 말도 안 하고 걸어다니지도 않고 그저 노래나 하고 날기만 한단다."[4)]

은수는 다소 떨리는 듯한 목소리로 앵무새섬에 관해 얘기하고 있었다. 나는 그가 며칠 전 거실 입구에 서서 바로 그 대목을 말하던 모습이 떠올라 나도 모르게 가슴이 두근거렸다.

"엄마, 맛있는 거 언제 먹어?"

준호는 연극이 재미없는 모양이었다.

"쉿!"

조용히 하라고 내가 주의를 주자 그는 다리를 디룽거린다 의자를 삐그덕거린다 하며 무료함을 달래었다.

"잠깐 나갔다 올께."

남편이 내 귀에 대고 속삭였다.

"왜요?"

무대에서 눈을 떼지 않은 채 건성으로 내가 물었다.

"그럴 일이 좀 있어."

"그러세요."

역시 건성으로 대답하며 나는 고개를 끄덕였다.

은수는 길고도 우중충한 옷소매를 휘저으며 이제 푸른 산에 관해 얘기하고 있었다.

"새들이 푸른 산속에 살고 있단다. 그리고 해가 질 무렵 산등성이에 붉은 햇빛이 타오를 때면 온갖 새들이 푸른 날개를 치며 보금자리로 몰려간단다."[5]

"폭포도 있나요?"[6]

아말소년이 또 물었다.

"아, 있다 뿐인가? 폭포 없는 산이란 없지. 아! 이건 꼭 녹은 금강석과 같단 말야. 그리고 얘야, 또 그것들이 얼마나 춤을 춘다고! 조약돌을 바다로 밀어내면서도 소리 하나 나지 않게 한단다! 아무리 악마의 의사라 해도 잠시도 그를 멈추게는 못하지."[7]

은수는 계속하고 있었다.

"새들은 나를 그저 하잘것없는 동물로만 생각한단다. 그리고 나하고는 아무런 관계도 맺으려 들지 않는 거야. 만일 그러지 않는다면 나는 그 새들의 보금자리 속에다 조그만 오막살이 하나를 짓고 바다 물결 소리를 들으며 일생을 보낼 수 있을 텐데."[8]

푸르스름한 조명 속에서 은수는 얼핏 내 쪽을 보는 듯

하였지만 나를 찾았으리라고는 생각되지 않았다. 나는 객석의 어두움과 검은 옷에 이중으로 묻혀 마음 놓고 그를 쳐다보며 감정이 풍부한 그의 목소리를 욕심껏 빨아들였다. 그와 눈이 마주칠 염려도 없었고 내가 그를 그렇게 뚫어지게 쳐다본다고 해서 누구 하나 이상하게 여길 리도 없었다. 그는 계속해서 결혼이니 편지니 뭐니 하는 것들에 대해 말하고 있었으나 나는 더 이상 그 뜻을 헤아리지 않았다. 그를 보고 그의 목소리를 듣는 것만으로도 즐거웠다. 그리고 동시에 그 즐거움이 모두 사라져버릴 만큼 괴로운 것 또한 사실이었다.

"잠깐 앉아도 되겠죠?"

언제 왔는지 광희가 내 귀에 대고 속삭였다.

"벌써 앉았으면서 뭘."

나 또한 목소리를 낮추어 대답했다.

"검은 옷이 아주 잘 어울리시는데요."

"그래?"

나는 주위 사람들에게 미안하기도 하고 은수와의 밀회에 방해가 되기도 해서 간단히 대꾸해주었다.

광희는 은수보다 나이가 많은 같은 영문과 복학생으로 가까운 시골에서 어머니와 둘이서 살고 있었다. 나는 그의 어머니를 직접 만나본 적은 없었지만 그의 됨됨이로 미루어 분명 반듯하고 기품있는 성격일 거라고 생각했다. 그는 은수의 감성적이고 자기중심적인 성격을 잘 이해하고 있었을 뿐만 아니라 자신의 예지와 판단력으로 늘 은수를 보완해주는 편이었다. 그렇다고 해서 그가 감성과는 전혀 무관한가 하면 그렇지 않았다. 그는 다만 이성과 감성을 적절히 조절할 수 있었던 것뿐이다. 흠잡을 데 없이 잘생긴 얼굴과 간결한 언어 그리고 무거운 시선 등으로 해서 겉으로는 이성만이 두드러져 보였지만 그 뚜껑을 조금만 열어도 그에게선 감성이 흘러나왔다.

"또 올께요."

광희는 입술을 내 귀에 닿을 정도로 가까이 대고 속삭이더니 의자에서 일어났다.

그때 은수는 아무것도 적혀 있지 않은 흰 종이조각을 임금님의 편지라고 말하고 있었고 여기저기에서 카메라 플래시가 번쩍이고 있었으며 대단원으로 치닫는 고조된 분위기가 무대 전체에 감돌고 있었다. 나는 광희의 입김이 닿았던 곳을 무의식적으로 만지며 은수에게 시선을 고정시키고 있었다.

"아직 안 끝났어?"

남편이 꽃다발을 들고 돌아왔다.

"늦게사 생각이 나지 뭐야."

"제가 미리 챙겼더라면 좋았을걸……"

그런 것도 모르고 있었다니…… 나는 사실 좀 부끄러운 생각이 들었다.

"쉿!"

남편이 나에게 주의를 주었다. 내가 꽃다발에 더 이상 신경 쓰지 못하도록 일부러 그러는 것 같았다.

꽃다발은 분홍장미와 안개꽃을 섞어 리본으로 예쁘게 묶은 것이었는데 준호가 무대 위로 올라가서 은수에게 전하도록 했다. 은수는 꽃다발을 받아들더니 한 팔로 준호를 번쩍 안아 올리며 객석을 향해 인사를 했다. 순간 나는 그들이 나에게 있어 얼마나 소중한 존재들인가, 하는 생각으로 가슴이 뭉클하여 박수치는 것조차 잊어버린 채 넋을 잃고 앉아 있었다.

제15장

현기증

은수는 그동안 매달려왔던 연극이 끝나서인지 몹시 게으름을 피웠다. 기말고사가 며칠 앞으로 다가왔는데도 공부하는 기색이 전혀 보이지 않아 나는 속으로 걱정이 되었으나 뭐라고 나무랄 처지도 못 되고 해서 모른 척하고 있었다.

하루는 아침 식사도 하지 않고 이층에서 통 내려오질 않길래 그가 좋아하는 야채전을 조금 만들어 가지고 그의 방에 올라가 보았다. 나는 언제부터인가 그의 방이나 내 방에서 그와 둘이서만 있게 되는 것을 의식적으로 피하고 있었는데 그날은 아무래도 그가 병이 난 것만 같아 올라가보지 않을 수 없었다. 나는 되도록이면 자연스럽게 보이려고 헐거워진 머리를 추스르지도 않고 밀가루가 묻은 앞치마를 아무렇게나 두른 채로 계단을 차근차근 올라갔다.

이층은 창문으로 흘러들어온 후덥지근한 공기만이 넘실댈 뿐 너무도 조용했다. 나는 맨 끝에 있는 은수의 방문 앞으로 가 노크를 했으나 아무런 대답이 없었다. 그래서 그냥 내려갈까 생각은 하면서도 다시 한번 노크를 하며 그를 불러보았다.

"은수 있어?"

그러자 방문이 열리며 그의 피로한 얼굴이 나타났다.

"자고 있었어?"

"아뇨. 떨고 있었어요."

그는 나에게 웃어 보였으나 고민의 흔적을 말끔히 지울 수는 없었다.

"어디 아픈 거 아냐? 이 더위에 떨고 있다니."

"그래야 엄마가 이렇게 문병 오실 거 아녜요?"

쟁반을 받아 탁자 위에 놓으며 그가 말했다.

"맛이나 있을지 몰라."

"더운데 뭐하러 이런 걸 만드셨어요."

"빈손으로 문병 올 수 있어?"

"얼굴이 감처럼 익으셨잖아요."

그는 에어컨을 가동시키려고 리모컨을 집어 들었다.

"그냥 둬. 견딜 만한걸, 뭐."

"그래도 너무 더워 보여요."

"걱정 말고 어서 먹기나 해. 뜨거울 때 먹어야 맛있어."

"식는다고 맛이 어디로 가겠어요? 엄마가 만드신 거라면 나뭇조각이라도 맛있을 거예요."

"말도 안 돼."

창밖으로 보이는 나무며 담벼락이며 약국의 간판 등이 더위에 지친 듯 몽롱한 표정을 하고 있었고 생나무를 태울 때 나는 연기와도 같은 거무스름한 비구름이 공원 쪽으로 급히 밀려가고 있었다.

"아무래도 소나기가 오려나봐요."

"준호가 얼른 와야 할 텐데……"

나는 창문께로 걸어가 책상 위에 펼쳐진 책을 무심히 내려다보며 그렇게 말했다. 무슨 전공서적인 것 같았다.

"공원에 연꽃이 피기 시작했다던데, 언제 구경 갈까요?"

야채전을 먹으며 그는 명랑해지려고 애쓰고 있었다.

"그래서 초저녁이면 향기가 나곤 했었구나?"

"엄마 코는 뾰족해서 냄새 분자가 잘 걸리나 봐요. 전 아무 냄새도 맡지 못했거든요."

"은수 코도 냄새 분자가 무사통과할 만큼 저지대는 아니잖아?"

"제 코야 유치한 단계지만 엄마 코는 완벽한 예술인걸

요. 엄마 코는 신이 직접 만들고 제 코는 아무래도 견습생이 만든 것 같아요. 그것도 졸면서 말예요."

"원하는 게 뭐야?"

"그런 거 없어요."

은수는 힘없이 미소지었다.

"전 다만 엄마 얼굴을 옆에서 보고 있으면 저도 모르게 몸이 오싹해지곤 한다는 것을 말하고 싶었을 뿐이니까요. 그건 아마…… 잘은 모르지만…… 아름다움에 대한 감탄과 두려움이 범벅되기 때문일 거예요. 뭔지 모를 순간적인 전율 같은 것 말예요."

나는 순간 "코끄트리가 그롷게 날람혀갖고 팔짜가 순탄허믄 이상허지."라고 하시던 청도리 시어머님의 푸념이 떠올라 정말로 몸이 오싹해지는 것 같았다.

"그것은 어쩌면 고전비극에서 말하는 공포와 같은 것인지도 모르겠어요. 이를테면……"

은수는 뭔가 더 말하려 하였으나 주위가 갑자기 어둑어둑하고 어수선해지는 바람에 중단하고 말았다. 축축하고 미적지근한 바람이 창문을 통하여 방안으로 거세게 들어왔다. 그러자 커튼이 미친 듯이 휘말리고 창가에 놓아둔 제라늄의 꽃대가 금방이라도 부러질 듯 심하게 휩쓸렸다. 그런가 하면 책상 위에선 펼쳐진 채 놓여 있던 책이 마구 소리를 내며 펄럭거리기 시작했다. 그래서 나는 저절로 들추어진 책갈피에서 사진 한 장을 무심코 보게 되었던 것이다. 사진은 예술회관 객석에 앉아 있는 내 모습을 찍은 것이었는데 주위가 어두워 얼굴이 두드러져 보였으며 화장을 한 탓인지 거울 속에서 보던 평소의 내 얼굴보다 훨씬 차가운 인상을 주고 있었다.

"광희형 책이에요."

떨리는 목소리로 은수가 말했다.

"엄마를……"

"광희가……"

은수와 나는 동시에 말을 꺼냈다가 동시에 입을 다물었다.

빗방울이 후두둑 떨어지기 시작했다. 은수의 셔츠와 머리카락이 고통스럽게 나부끼고 푸석푸석한 마당에선 흙냄새가 뭉게뭉게 피어올랐다.

"내려가서 창문을 닫아야겠어."

은수의 방을 나와 계단을 한 칸 내려서자 다리에서 힘이 쭉 빠지며 눈앞이 온통 하얀 것이 현기증이 일어날 것만 같았다. 그래서 앞으로 고꾸라지지 않으려고 난간에 몸을 의지한 채 눈을 감고 서서 천천히 심호흡을 했다. 빗소리가 점점 더 커지며 빗방울이 고막에 직접 떨어지기라도 하는 것처럼 귓속에서 몹시 수런거렸다.

"엄마."

은수가 따라나온 모양이었다.

"괜찮아."

나는 바로 옆에 은수를 의식하게 되자 순식간에 현기증이 온몸으로 퍼지는 것을 느꼈으나 가능한 한 태연스럽게 보이기 위해 웃으며 눈을 떴다. 그러자 푸르스름한 은수의 눈이 차츰 확대되면서 나의 시야를 가득 채워 그의 눈 외에는 아무것도 보이지 않게 되었다. 그리고는 내 몸이 자꾸자꾸 가벼워지더니 마침내 허공으로 둥실 떠올라 비단 목도리처럼 부드러운 심연 속으로 천천히 흘러가는 것이었다. 비바람도 창문들의 덜컹거림도 가슴을 조이던 기묘한 고통도 신화 속의 언어처럼 달콤하고 아스라하게 느껴지는 것이었다.

현기증이란 얼마나 황홀한 질병일까, 하고 나는 어렴풋이 생각하였다. 현실도 꿈도 아닌 세계를 인간도 유령도 아닌 상태로 선회하면 인간적인 온갖 고뇌와 슬픔 따위는 날짐승의 허물처럼 내 몸에서 저절로 떨어져나가는 것이었다. 그러면 나는 마침내 남편의 공장에서 근무하는 여직원들이 우리의 결혼선물로 만들어 보낸 이목구비 없는 헝겊인형들처럼 자신에게 완전히 몰입되어 눈도 코도 입도 귀도 모두 잊고 꿈속으로 깊이깊이 빠져들어가는 것이었다. 그러나 그것은 꿈이 아니었다. 현실도 아니었다. 그러나 또한 꿈이기도 하고 현실이기도 하였다. 어쩌면 그것은 꿈과 현실이 분리되기 직전의 상태, 꿈의 시작과 현실의 끝이 맞물려 있는 이중의 상태인지도 몰랐다. 그러므로 그러한 상태에서의 꿈은 마치 현실처럼 느껴지고 현실은 마치 꿈처럼 느껴지기 쉬웠다. 그러나 그와 같은 순간적 비행에 있어서의 가장 명백하고도 피할 수 없는 결과는 예외없이 현실에 불시착하게 된다는 점이었다.

"괜찮으세요?"

내 방 창문을 등지고 선 은수의 모습이 안개가 걷히듯 차츰 선명하게 드러났다.

창밖에는 주룩주룩 비가 내리고 한창 피기 시작한 능소화나무의 주황색 꽃송이들이 세찬 빗줄기에 어쩔 줄 몰라 떨고 있었다.

"다 떨어지겠네. 정말 예쁜데……"

가엾은 능소화 꽃줄기를 바라보며 내가 말했다. 현기증이 아직 완전히 가시지 않아 나 자신이 듣기에도 사뭇 느리고 불분명한 목소리였다.

"엄마, 제 생각엔 광희형이……"

돌아서서 빗줄기를 보며 은수가 막 말을 꺼내려는데

거실에 있는 큰 시계가 종을 울리기 시작했다.

"나 준호한테 좀 갔다 올께. 수업이 끝날 시각이야."

은수가 무슨 말을 하려고 했었는지 대강 짐작할 수 있었던 나로서는 자연스럽게 그의 말을 막을 수 있게 되어 다행스럽게 생각했다.

"아침에 가지고 간 줄 알았더니 현관에 우산이 그대로 있지 뭐야."

"제가 가서 데리고 올께요."

"그래주겠어?"

"제가 올 때까지 누워 있겠다고 약속해주시면요."

"고마워."

"고맙긴요. 준호는 제 동생인걸요."

은수가 나가고 난 뒤 나는 그저 멍하니 소파에 기대앉아 비를 맞고 있는 능소화나무의 꽃송이들만을 바라보고 있었다.

나는 그 꽃을 무척 좋아하였다. 매일 아침 집안일을 마치고 내 방에 들어설 때면 나팔 같은 그 꽃송이들은 노을처럼 고운 얼굴로 창문을 기웃거리며 나만의 오롯한 시간을 더욱 나른하고도 아름답게 장식해주는 것이었다.

"넝쿨을 좀 쳐줘야 하지 않겠어? 창문을 뒤덮을 기세야."

언젠가 남편이 내 방에 들어와 그렇게 말한 적이 있었다.

"전 그래서 더 좋은걸요."

무성한 능소화나무의 덩굴은 내 방 창문으로 기울어지며 대부분 홈통과 홈통 주변의 벽을 타고 이층을 향해 오르고 있었다. 나는 내 방 창문 쪽으로 뻗어오는 어린 순이 다칠까 봐 창문도 살금살금 열었으며 허공으로 뻗는 손이 가엾어서 큰 줄기 쪽으로 휘어다 감아주기도 했다. 한 번은 창문을 열어놓은 사이에 커튼을 의지하여 방안으로 들어오기도 했었는데 그걸 모르고 그냥 창문을 닫았더라면 어찌되었을까, 하는 생각으로 공연히 가슴을 쓸어내리기도 했다. 그리고 그럴 때마다 내년엔 꼭 사다리를 매주어야지, 그래서 마음놓고 올라갈 수 있도록 해주어야지, 하고 몇 번이나 생각하곤 했었다.

나는 전화벨 소리에 놀라 일어날 때까지 줄곧 능소화만을 바라보고 있었다. 전화는 광희한테서 온 것이었다. 나는 어쩐지 어색한 느낌이 들었으나 감출 수 없을 정도는 아니었다. 그는 은수에 대해 묻고 있었다.

"곧 돌아올 거야."

"그럼 가서 기다리고 싶은데, 괜찮으시겠어요?"

"그렇게 해."

나는 그가 그의 책 속에 들어 있는 내 사진으로 인한 은수의 혼란을 말끔히 씻어주기를 원했기 때문에 진심으로 그렇게 대답했다. 그러자 그도 역시 이렇게 말하는 것이었다.

"은수를 꼭 만나야 하거든요."

광희는 내가 수화기를 내려놓고 숨을 돌리기도 전에 집에 도착했다.

"약국에서 전화했었어요."

빗물이 뚝뚝 떨어지는 커다란 검은 우산을 접으며 그가 말했다.

"학교에서 오는 길이야?"

"예."

"난 은수가 집에만 있길래 수업이 없나 했어. 왜냐하면…… 아니 물론 그럴 리는 없다고 생각하지만……"

나는 은수에 관한 얘기라서인지 아니면 아직도 현기증에서 벗어나지 못해서인지 말이 제대로 정리되지 않았다. 그러자 광희가 전혀 눈치를 채지 못하는 사람처럼 아무렇지도 않게 천천히 이렇게 말하는 것이었다.

"강의를 듣는 것보다 유익하게 시간을 보낼 수 있다면 빠져도 좋겠지요."

나는 그에게 사진 얘기를 하고 그 사진이 은수에게 어

느 정도의 고통을 주고 있으며 나 또한 그 일로 인해 그들 사이의 우정에 금이 가지 않을까, 하는 문제로 얼마나 걱정하고 있는지 말하고 싶었지만 내가 먼저 말을 꺼내기는 좀 뭐한 일이라서 그쪽에서 먼저 꺼내기 전엔 잠자코 있기로 하였다. 그러나 광희는 끝내 그 얘길 꺼내지 않았다. 도대체 그의 책 속에 내 사진이 들어 있다는 것 자체가 불가사의하게 느껴졌으며 설령 들어 있다 하더라도 그게 무어 그리 대수로운 일이겠는가, 라고 생각될 만큼 그에게선 전혀 아무런 기색도 느낄 수 없었다.

그가 만일 은수였다면 어떠했을까. 그라면 분명 숨막힐 듯 나에게 다가와 비바람이 능소화나무의 덩굴을 흔들듯이 내 마음을 마구 흔들어놓았을 것이다. 은수, 나의 양아들! 그는 내가 새로운 생활을 시작함에 있어 우려하지 않을 수 없었던 여러 가지 불안감들을 말끔히 씻어주었으며 내가 무슨 값비싼 유리인형이라도 되는 듯이 소중하게 대해주었다. 내가 부엌에 있으면 부엌일이 너무 힘들다고 걱정하였고 청소를 하고 있으면 청소가 너무 힘들다고 걱정하였고 유리창을 닦고 있으면 유리창이 너무 많다고 걱정하였고 시장바구니를 들고 딸랑거리는 현관문을 나설 때면 시장까지 갔다 오는 데 네 번이나 길을 건너야 한다고 걱정하는 등 그는 그의 아버지가 채워주지 못하는 부분들까지 넘치도록 채워줄 듯이 다정하게 내 영혼 속으로 흘러들었다.

"방학은 언제 해?"

커피를 따르며 내가 물었다.

"시험 끝나는 대로 하게 될 겁니다."

광희는 커피가 식기를 기다리며 탁자 위에서 부채를 집어들고 거기에 그려진 연꽃을 들여다보고 있었다.

창밖에선 잠시도 그치지 않고 주룩주룩 비가 내리고 있었고 아직 한낮인데도 어둠이 엎질러진 듯 주위가 온통 거무스름하였으며 빗방울들은 수없이 많은 느낌부호를 찍으며 창문에 부딪히고 있었다.

나는 넋이라도 빼앗긴 듯 공허하게 움직이며 은수와 준호가 빗물을 털며 들어와 일상적인 이야기를 주고받을 때에도 광희가 은수의 어깨에 손을 얹고 계단을 오르며 "너의 괴로움의 원인이 바로 그것이라면 너는 정말 바보임에 틀림없다."라고 말하는 소리가 어렴풋이 들려올 때에도 이런저런 생각으로 마음이 어수선하였다.

제16장

가질 수 없는 사람들

"정말 믿을 수 없어요."

몸을 풀기 위해 친정에 와 있던 은희가 부엌일을 하고 있는 내 주변을 오락가락하며 말했다. 배가 몹시 부른 데다 날씨까지 더워 보기만 해도 측은한 생각이 들었다.

"뭘 그렇게 믿을 수 없어?"

"전부 다 믿을 수 없어요. 새엄마가 여기 계시는 것, 전엔 안 계셨던 것, 제가 지금 이렇게 배가 부른 것, 모든 게 믿어지지 않는다고 말하고 있는 것…… 모두가 다 꿈만 같아요."

"나도 그렇게 생각될 때가 있어. 갑자기 꿈에서 깨어나 과거로 돌아가 있는 자신을 발견하게 되지 않을까, 하는 생각 말이야."

"과거로 돌아갈 수만 있다면 얼마나 좋겠어요. 새엄마랑 여기 살면서 학교에도 다니고 연애도 하고."

"과거로 돌아가면 난 여기 없는걸, 뭐."

"그러니까 저 혼자만 돌아가는 거죠."

"욕심쟁이!"

"맞아요. 전 언제나 욕심쟁이였어요. 제가 갖고 싶은 거라면 그게 무엇이든 빼앗아서라도 가져야 했으니까요. 하지만 정말 갖고 싶은 것은 놓치고 말았어요."

은희는 갑자기 서 있기가 힘겨운 듯 의자에 주저앉았다.

"방에 가서 누워 있어. 아프면 아프다고 말하고."

"그럴께요. 하지만 지금은 이대로 좀 더 있고 싶어요."

"편할 대로 해."

"처음엔 좀 망설였어요."

"뭘?"

"새엄마 말대로 해도 되는 건지 어떤지 몰라서요."

"은희가 오지 않았다면 오히려 내가 섭섭했을 거야."

"사실은 요즘 들어 엄마 생각이 자주 났었어요. 살아 계시면 얼마나 좋을까 하구요. 예정일이 다가올수록 불안하기도 하고 마음놓고 얘기할 자매 하나 없다는 게 여간 쓸쓸하게 느껴지지 않았거든요. 물론 아빠도 계시고 은수도 있지만 그들은 남자인걸요."

"난 은희가 그렇게까지 힘든 줄은 몰랐어. 친정에 와서 몸을 풀고 싶을 거라고 생각은 했지만. 나보다는 나을 줄 알았거든."

"아무리 그래도 새엄마가 직접 전화하지 않으셨다면 오지 않았을 거예요."

"은희가 온다는 소식 듣고 아버지가 얼마나 좋아하셨는지 알아?"

"고마워요. 고맙다는 말로는 부족한 줄 알지만 뭐라고 표현해야 제 마음을 제대로 전달할 수 있을지 모르겠어요."

창밖을 보며 띄엄띄엄 말하고 있는 것으로 미루어 은희가 눈물을 참고 있다는 것을 알 수 있었다.

나는 은희에게도 주고 이층에 있는 준호와 은수와 광희에게도 갖다 주기 위해 토마토 주스를 만들었다.

"은희가 가지고 올라갈 거야? 같이 얘기도 할 겸."

나는 은희가 어쩐지 울적해하는 것 같아 그리 말해 보았다.

"아뇨. 전 그냥 여기 있을께요."

"계단을 오르내리기가 힘들 텐데…… 내가 참 생각이 모자라지?"

"그래서가 아녜요."

나는 주스를 여러 개의 컵에 나누어 따르다 말고 은희

를 쳐다보았다. 그러자 은희는 희미하게 미소지으며 이렇게 대답하는 것이었다.

"언젠가는 얘기할께요."

나는 아무것도 묻지 않고 은희 앞에 주스만 한 컵 놓아주고 나서 이층으로 올라갔다. 준호와 은수는 책상에 머리를 맞대고 앉아 어린이신문에 나오는 '숨은 그림 찾기'를 하고 있었고 광희만 혼자서 책을 들여다보고 있었다.

"준호는 형 공부하는데 방해만 하고 있구나?"

"돌고래는 내가 찾을 거야."

준호는 내 말엔 대꾸도 않고 그림 찾기에만 열중해 있었다. 은수도 겉으로는 그런 것 같았다.

"저희를 부르시지 일부러 올라오셨어요?"

광희가 의자에서 일어나 쟁반을 받으며 말했다.

"빈 그릇은 준호한테 들려 보내."

"어머닌 같이 안 드세요?"

"난 내려가서 은희하고 마실께."

말을 마치고 방문을 막 나서려는데 은수가 신문에서 눈을 떼지도 않은 채 혼잣말처럼 중얼거렸다.

"가엾은 엄마! 하루 종일 쉴 틈이 없으시군요."

부엌에 들어가 보니 은희는 내가 나갈 때와 똑같은 모

습으로 앉아 햇볕이 뜨겁게 내리쬐고 있는 창밖만 내다보고 있었다.

"차가울 때 마시지 왜 그러고 있어?"

"새엄마랑 같이 마시려구요."

"난 창밖에 뭐가 있는 줄 알았지."

분위기가 무거워질까 봐 가볍게 웃으며 내가 말했다.

"뭐라도 있으면 좋게요."

은희도 따라 웃으며 컵을 입으로 가져갔다.

커다란 구름이 지나가는지 햇빛이 잠시 기울면서 식탁 위에 널려 있던 자질구레한 그림자들을 지워버렸다.

"아빠는 어떠세요?"

은희는 갑작스럽고도 진지하게 물었다. 나는 뭐라고 대답해야 할지 얼른 생각이 나지 않아 주스를 한 모금 마시고 나서 천천히 말해주었다.

"은희 눈에 비친 그대로야."

"새엄마는 우리 집을 완전히 바꿔놓았어요. 어딜 봐도 새엄마가 느껴지거든요. 가구도 창문들도 모두 옛날 그대로인데 옛날 그대로 느껴지는 것은 하나도 없어요."

"그래?"

"아빠는 이제 새엄마 없이는 하루도 못 사실 거예요."

"전에도 잘 사셨는걸, 뭐."

“전엔 새엄마를 몰랐으니까 그러셨죠. 꽃을 본 사람이 풀잎들로만 만족할 수 있겠어요?”

“무슨 그런 말을……”

“전 아빠가 새엄마를 너무나 사랑해서 우리 엄마를 완전히 잊어버리게 되지 않을까 하는 생각이 들어요.”

“그래서 날 미워하겠다는 거야?”

“제 말은 그런 뜻이 아녜요.”

“그런 뜻 같은데?”

“새엄마, 제발 절 놀리지 마세요. 속으론 다 알고 계시면서……”

“내가 뭘?”

“제가 이미 새엄마를 좋아하고 있다는 것을요.”

은희는 내 시선을 꽉 붙잡고서 조용히 말했다. 나는 고맙기도 하고 쑥스럽기도 해서 은희의 컵에 내 컵을 부딪히며 웃었다. 그러자 은희가 “한 번 더!” 하며 다시 한 번 컵을 세게 부딪혔다. 그리고는 함께 토마토 주스를 마셨다.

구름이 지나갔는지 밖이 다시 눈부시게 환해지면서 흐려졌던 그림자들 또한 또렷이 살아났다.

“광희는 자주 와요?”

주스가 묻은 입가를 닦으며 은희가 지나가는 말처럼

나에게 물었다.

"가끔."

"어제도 왔었잖아요."

"요즘은 시험 기간이라서 그래. 은수가 공부를 좀 소홀히 했었나 봐."

"왜요? 미경이 때문인가요?"

"미경이?"

"아직 모르세요? 홍 박사님 딸인데 은수를 진짜 좋아해요."

"그래?"

"은수는 미경이를 별로 좋아하지 않지만요."

"그렇구나……"

"전화가 오거나 하지도 않았어요?"

은희는 꽤 궁금한 모양이었다.

"내가 아는 건 은수가 연극 때문에 한동안 바빴다는 것뿐이야."

"하긴 은수 머릿속으로 연극 말고 뭐가 들어갈 수 있겠어요? 친구가 왔나 하고 가보면 혼자서 웃고 중얼거리고…… 줄리엣이나 오필리어가 책 속에서 튀어나오지 않는 한 여자친구도 사귀지 못할 거예요."

나는 왠지 마음이 흐트러지는 것을 느꼈다. 은수를 좋

아하는 여자애가 있다는 것이 어째서 내 마음을 흐트러뜨리는 것인지 나 자신으로서도 이해하지 못할 지경이었다. 누가 그를 좋아하건 사랑하건 그것이 왜 그토록 내 마음을 흐트러뜨려야 한단 말인가.

"잘 마셨어요."

광희가 쟁반을 들고 부엌으로 들어왔다.

"준호한테 시키지 않고."

"권투 장갑을 아직 못 찾았대요."

"권투라니, 누가?"

놀라운 듯 은희가 광희에게 물었다.

"누구긴요, 형제끼리 하는 거죠."

"은수가 권투를 한단 말야?"

은희는 믿을 수 없다는 표정이었다.

"직접 올라가서 확인해보세요."

"새엄마, 정말이에요?"

"난 이층에서 일어나는 일엔 관여하지 않기로 했어."

은희를 놀려주기 위해 광희와 나는 마주 보고 웃었다. 유리컵에 부조된 포도알에서 반사되는 햇빛무늬가 연두색 티셔츠 위로 얼룩져 광희의 모습은 마치 이른 봄 물가에 선 나무처럼 신선해 보였다.

"설거지는 제가 할께요."

은희 앞에 놓인 빈 컵을 집어 들고 싱크대 쪽으로 걸어가며 그가 말했다.

"무슨 소리야? 놓아두고 가서 공부나 해."

"얼른 마시고 컵이나 주세요."

광희는 싱크대 앞에 서서 작은 물방울들을 튀기며 설거지를 했다. 설거지란 나에게 있어서는 하루에도 몇 번씩 되풀이해야 하는 피할 수 없는 일임이 분명했으나 일단 그가 손을 대자 가벼운 스포츠라도 되는 듯이 경쾌하게 느껴졌다.

"광희는 새엄마를 사랑하고 있어요."

다음날 오전 이층의 자기 방에 있는 피아노 앞에 앉아 은희가 불쑥 그렇게 말했다.

그 방은 모든 것이 은희가 처녀 적에 사용하던 대로 간직되어 있어서 언제라도 주인이 문을 열고 들어가기만 하면 되었다. 추억의 방이 보존되기는커녕 나 자신의 방이라고는 가져본 일조차 없었던 나에게는 그러한 사실이 말할 수 없이 낭만적으로 보였으며 몹시 부럽기도 했다. 그러나 은희는 너무나도 당연하다는 듯이 되는대로 인형을 집어 태엽을 감고 피아노의 건반을 누르곤 했다. 만일 나에게도 그러한 방이 있다면 어떨까. 나라면 가슴이 두근거려 문도 제대로 열지 못하는 게 아닐까.

"왜 그렇게 생각해?"

"그냥 그런 생각이 들어요."

"말도 안 돼."

내가 보기엔 은희가 광희를 사랑하고 있는 것 같았다. 왠지 그런 생각이 들었다.

은희는 더 이상 아무런 설명도 하지 않은 채 피아노 앞에 앉아 나로선 알 수 없는 어떤 느린 곡을 연주하기 시작했다. 건반 위에서 움직이는 그녀의 손이 얼마나 아름답게 보이던지 숨소리도 크게 낼 수 없을 정도였다.

"쉬운 곡이에요."

연주가 끝난 후에 내가 박수를 치며 어쩌면 그렇게 잘 치느냐고 말하자 은희가 그렇게 대답했다.

"조금만 배우면 새엄마도 칠 수 있으실 거예요."

순간 나는 어릴 때 학교 앞 이층집에 살던 같은 반 아이의 얼굴이 떠올랐다. 계영이는 음악시간에도 피아노 반주를 하였고 크고 작은 대회에 나가 자주 상을 타오기도 했다. 학교를 오갈 때 가끔 피아노 소리가 흘러나오던 계영이의 이층 창문을, 창문에 드리워져 있던 분홍색 커튼을 나는 얼마나 부러워했었던가……

오래전 누군가 또 다른 내가 또 다른 슬픔을 안고 이

집 앞을 지나면서 또 다른 계영이를 부러워했을지도 모른다. 그러나 지금 그 또 다른 계영이는 또 다른 슬픔으로 가슴을 태우고 있는 것이다.

"우린 저마다 가질 수 없는 사람만을 사랑하는군요."

은희는 오른손으로 의미 없이 건반을 누르며 머릿속에서 그 생각을 떨쳐버릴 수 없다는 듯이 한숨을 쉬었다. 나는 피리장이 운운하던 남편의 말이 생각나 공연히 미안스럽기도 하고 은수에 대한 생각으로 가슴이 답답하게 조여들기도 했다. 그러한 내 심중을 꿰뚫어 보기라도 하듯 은희는 이렇게 말하는 것이었다.

"그래도 아빠는 운이 좋으신 거죠. 날마다 새엄마를 볼 수 있으니까요. 기꺼이 사랑을 바칠 수도 있구요."

은희는 나를 위하여 "물망초 꿈꾸는 강가를 돌아……" 하는 우리 가곡을 정성들여 연주하였다. 창밖에선 대기가 서서히 달아오르고 멀리서 소독차 지나가는 소리가 들려오고 있었다.

제17장

친화력

은희는 예정일보다 며칠 늦게 여자아이를 순산하였다. 분만실 밖에서 기다리고 있던 채 서방은 그저 좋아서 싱글벙글하였다.

"이 아이도 자라면 불가능한 사랑 때문에 애태우겠죠?"

나하고 둘이만 있게 되자 은희가 피로한 목소리로 말했다.

"무슨 그런 말을……"

은희는 몹시 우울한 것 같았다. 산고로 인한 피로 때문이라고 단정하기에는 너무나도 짙은 그늘이 얼굴을 덮고 있어 만일 광희의 아이였다 해도 저러할까, 하고 생각해보지 않을 수 없었다.

"좀 자도록 해. 꿈도 꾸지 말고 푹 자. 응?"

은희는 어린아이처럼 시키는 대로 눈을 감았다.

나는 은희 옆에 뉘어놓은 갓난아기를 보살피며 이런저런 생각에 잠겨 있다가 은희도 아기도 잠드는 것을 보고 나서 준호가 걱정되어 집으로 전화를 했다. 새벽에 갑작스럽게 나오느라 아무것도 챙겨주지 못했던 것이다.

"여보세요?"

은수의 목소리였다.

"나야."

"엄마!"

은수는 반갑고도 지친 듯한 목소리로 나를 불렀다.

"학교 갔다 왔어?"

"지금 막 오는 길이에요."

"시험은 잘 봤어?"

"시험지는 잘 봤어요."

"그래?"

우리는 함께 웃었다.

"준호는?"

"아직 안 왔어요."

"아침은 어떻게 했어?"

"냉장고 안에 있는 거 전부 뒤져 먹었죠, 뭐."

"잘했어."

"엄마는 뭐 좀 드셨어요?"

"이제 먹어야지."

"여태까지 아무것도 못 드셨단 말예요?"

"그보다도 은수, 외삼촌 됐어."

"정말요? 여자예요, 남자예요?"

"공주님."

"누나는요?"

"잠들었어."

"그래요?"

"준호 오거든 함께 나와. 내가 맛있는 거 사줄께. 조카도 보고 싶을 테고."

"전 엄마가 더 보고 싶어요."

"설마 할머니가 더 보고 싶을려구."

"할머니라뇨?"

"내가 아기에게 외할머니 된다는 거 몰라?"

나는 날씨도 덥고 입원실을 오랜 시간 비워둘 수도 없고 해서 병원 근처에 있는 음식점에서 뭐든 간단히 먹을 생각이었으나 그다지 멀지 않은 곳에 냉면을 아주 맛있게 하는 데가 있다면서 은수가 하도 조르는 바람에 객사 근처에 있는 냉면집에 가게 되었다. 햇볕이 얼마나 뜨겁던지 눈을 제대로 뜰 수조차 없었다.

"양산을 가지고 오라고 할걸. 현관에 있을 텐데."

"있어. 내가 봤어."

준호는 은수가 사준 아이스크림을 먹으며 의기양양하게 말했다. 그는 전처럼 나에게 매달리지도 않고 곤충들을 상대로 중얼거리는 시간이 줄어들었을 뿐만 아니라 음식도 전보다는 잘 먹는 편이었다. 그리고 여전히 아저씨라고 부르기는 하지만 남편과도 잘 지냈고 갈수록 이층에서 보내는 시간이 많아지게 되었다. 하루는 숙제할 것을 들고 이층으로 올라가는 그를 불러 내가 말했다.

"여기서 해. 형도 혼자 있을 시간이 있어야지."

"형이 오라고 했어."

"네가 간다고 하니까 그러지."

"아냐. 형은 엄마가 혼자 있을 필오가 있대."

그는 '필요'를 '필오'라고 발음하면서 재빠르게 계단을 올라갔다. 은수는 그에게 있어서 형도 되고 친구도 되고 형이나 친구 이상의 존재도 되는 것 같았다. 은수가 명랑하면 그도 덩달아 명랑하고 은수가 우울하면 그도 우울하고 은수가 집에 없으면 그는 수분이 모자라는 식물처럼 시들시들하였다. 형제도 없었고 아이들과 잘 어울리는 성격도 못되었고 아빠가 다정하게 놀아주는 사람도 아니었고 가까운 상대라고는 오직 나와 딱정이 뿐이었던 그에게는 재미있게 놀아주고 싸움을 걸어오지도 않는 은수가 낯선 생활 속에서 만난 새로운 형 이상의 존재로 받아들여졌다는 사실이 어쩌면 너무나도 자연스러운 일인지도 몰랐다. 재혼을 앞두고 준호에 관한 문제들로 고심했던 나로서는 그들 사이의 그와 같은 친화력을 말할 수 없이 고맙고도 다행스럽게 생각했다.

골목을 조금 걸어 객사 뒷길로 들어서자 노점들이 죽 늘어서 있었는데, 그곳에는 귀걸이 목걸이 등의 장신구에서부터 꽃 가방 구두 청바지 김밥 햄버거 야채튀김에 이르기까지 실로 있어야 할 것은 모두 있는 것 같았다. 물론 양산도 있었다.

"이런 데가 다 있었네?"

"모르셨어요?"

"응. 처음 와보는 거야."

"그럼 뭐든 고르세요. 처음 오신 기념으로."

"나에게 양산을 사주고 싶은 거지?"

"어떻게 아셨어요?"

"형 얼굴에 써 있다고 할 거야."

준호가 끼어들었다. 그는 녹아내리는 아이스크림을 흘리지 않으려고 혀를 바쁘게 움직이고 있었다.

"엄마,"

내가 그냥 지나치려 하자 은수가 나를 붙잡았다.

"집에 가면 있는걸, 뭐."

"그건 고물이야."

준호가 또 끼어들었다.

"어떤 게 좋으세요?"

은수는 이미 거꾸로 죽 걸려 있는 양산의 손잡이들을 만지작거리고 있었다.

"비싸지 않을까?"

나는 공연히 양산 얘길 꺼냈다고 생각했다. 그러나 햇볕이 너무 뜨겁기도 했고 또 내가 끝내 거절하면 은수가 실망하게 될 것 같아 못 이기는 척 하나 고르기로 했다.

"이만 원입니다."

가게 주인이 말했다.

"걱정 마세요, 엄마. 저 돈 많아요."

"그래도……"

"아드님인가보죠?"

선풍기를 우리 쪽으로 돌려주며 가게 주인이 나에게 물었다. 모르는 사람한테서 그런 질문을 받아보기는 처음이라서인지 조금 어색한 기분이 들었다.

"꼭 오누이 같으십니다."

"연인 같진 않나요?"

은수가 농담을 했다. 그러자 준호가 또 끼어들었다.

"연인이 뭐야?"

나는 물음표 모양의 나무 손잡이가 달린 장미꽃무늬의 양산을 펴들면서 밀짚모자 위에 수건을 덮어쓰고 밭이랑에 엎드려 계실 청도리 형님의 얼굴이 떠올라 부끄럽고도 서글픈 생각이 들었다.

냉면집은 초만원을 이루고 있었다. 사람들이 모두 냉면만 먹고 사는 것 같았다. 가까스로 방안에 있는 자리 하나를 차지하게 되자 마치 무슨 승리라도 쟁취한 듯한 느낌이 들었다.

방안은 식사 중인 사람, 식사를 마치고 나가는 사람, 우리처럼 이제 막 자리를 잡은 사람, 자리가 비기를 기다리며 서성이는 사람, 그리고 상을 치운다 주문을 받는다 하며 바쁘게 움직이는 종업원들…… 등으로 해서 사뭇 어수선하였으나 방바닥엔 깨끗한 대자리가 깔려 있었고 대나무로 된 휴지통이 곳곳에 마련되어 있었으며 벽마다 수묵화가 단정하게 걸려 있어 시원하고도 옛스러운 분위기를 자아내고 있었다.

"엄마, 뭐 드시겠어요?"

"난 준호하고 같이 먹을께."

"따로 하나 시키세요. 별로 비싸지 않으니까."

"비싸서 그런 게 아니라 하나로도 충분해서 그래. 공연히 손만 대고 남기면 아깝잖아. 예의가 아니기도 하고."

"예의라뇨?"

"그거야 농부들에 대한 예의지 뭐. 쓰레기통에 버려지는 음식을 농부들이 본다면 마음이 어떻겠어?"

"엄마 얘길 들으니 한 가닥도 남기지 못하겠는걸요."

"그렇다고 과식해서 몸이 상해도 된다는 말은 아니야. 내 말은 그저 그렇다는 얘기일 뿐이니까."

"알았어요. 전 그런 엄마가 좋아요."

"나도."

준호는 우리의 말뜻을 아는지 모르는지 얼른 한 마디 거들었다. 그러자 은수가 장난을 쳤다.

"누가 더 좋아하는지 내기할래?"

"무슨 내기?"

"이긴 사람이 엄마 얼굴에 뽀뽀하기."

"에이, 그런 내기가 어딨어?"

준호는 실망을 감추지 않았다.

"그럼 그보다 더 좋은 게 있어?"

"왜 없어? 얼마나 많은데."

"엄마도 그렇게 생각하세요?"

"당연하지. 내 얼굴에 뽀뽀하는 게 뭐가 그리 대단한 일이겠어?"

나는 아무렇지도 않은 듯 그저 그렇게 웃으며 대답해 주었으나 은수의 눈이 너무도 슬픈 빛으로 빛나고 있었기 때문에 창가에 걸린 하얀 손수건이 노을에 젖듯 내 마음은 금세 그 빛에 물들어버리고 말았다.

제18장

작은 해바라기

은희는 그다음 날 퇴원하여 집으로 왔다. 나는 겨우 하루 동안 집을 떠나 있었던 것에 불과하였지만 마치 오랜 여행에서 돌아오기나 한 것처럼 모든 것이 반갑고 편안하였으며 해야 할 일들 또한 산더미처럼 많았다.

"내 방을 쓰도록 해."

아기를 안고 현관으로 들어서며 내가 말했다. 전에도 그렇게 권해보았지만 그녀는 굳이 자기 방을 고집했었다. 하지만 그때는 출산 전이었으므로 아무래도 몸이 덜 불편해서 그랬으리라 싶어 한 번 더 말해본 것이었다.

"아녜요. 전 역시 제 방으로 가는 게 좋겠어요."

엉거주춤한 자세로 풍경이 딸랑거리는 현관문을 잡고 서 있는 그녀의 모습이 왠지 슬퍼 보였다. 내가 아닌 그녀의 친어머니가 다정하고도 익숙한 솜씨로 그녀를 보살펴 준다면 어떨까. 그렇다 해도 그녀는 저렇듯 슬픈 얼굴일까, 하는 생각이 들자 해묵은 나의 기억들까지 그 위에 겹쳐 나조차 슬퍼질 것만 같았다.

"정말 이층으로 올라갈 거야?"

"죄송해요. 여러 가지로 새엄마만 괴롭히는군요."

"괴롭히긴. 난 그냥 은희가 불편할까 봐 그러는 거야."

"알고 있어요. 하지만 전 역시 제 방으로 가는 게 좋겠어요."

은희는 같은 말을 되풀이했다. 그리고는 내 마음을 알고 있기라도 하듯 이렇게 덧붙였다.

"새엄마 방이 싫어서가 아녜요. 제가 늘 제 방에 있기를 좋아하는 것처럼 새엄마 역시 새엄마 방에 계시기를 좋아할 거라고 생각하기 때문이죠."

그건 그랬다. 아침일을 마치고 내 방에 들어설 때면 나는 마치 나만의 우주 안으로 들어서는 듯하여 무어라 표현할 수 없는 소중한 설레임에 사로잡히곤 했다. 하지만 내가 잠시 나만의 우주를 잃어버린다 하더라도 은희가 내 방을 사용해주었으면 하고 진심으로 바랐다. 왜냐하면 그 무렵의 내 방은 능소화나무의 꽃덩굴로 더없이 아름다웠으며 밝고도 시원하여 갓 태어난 아기에게 처음으로 세상을 소개하는 데 있어 그보다 더 좋은 곳은 없을 거라고 생각했기 때문이었다. 그러나 은희는 자기 방으로 가고 싶어 했다. 물론 나는 그 점을 이해했다. 아무리 창가에 능소화나무의 꽃덩굴이 늘어지지 않는다 하더라도 그리고 또 거실의 큰 시계가 저녁 일곱 시와 여덟 시 사이에 반종을 울리고 나면 화장대 한쪽에 서 있는 유리로 된 소 뒤에 걸터앉아 유리로 된 피리를 불고 있는 유리목동의 저고리 앞섶이 거울에 비친 노을빛에 물들어 붉고 투명하게 빛나는 것을 볼 수 없다 하더라도 자기 방이 좋은 것은 어쩔 수 없는 일이었기 때문이다. 내 방이 부엌과도 가깝고 욕실이나 빨래하는 곳과도 가까워서 수발들기에 편리하다고 말할 수도 있었지만 그렇게 되면 분명 은희의 마음이 무거워질 것 같아 그만두기로 하였다.

시원한 아침나절이 서서히 지나가면서 비가 오려는 듯 날씨가 점점 흐릿해지고 있었다.

"제 걱정은 마시고 좀 쉬세요. 저 때문에 새엄마가 병이 나신다면 누구도 절 용서하지 않을 거예요."

산모와 아기가 편안한 것을 보고 나서 밀린 일들을 하기 위해 서둘러 방을 나서려는데 은희가 나를 부르더니 그렇게 말했다.

"병은 무슨…… 은희야말로 내 걱정은 말고 푹 쉬도록 해."

"새엄마, 제가 있는 동안만이라도 일을 거들어줄 사람

을 구하는 게 어떻겠어요? 비용은 제가 부담할께요. 새엄마한테만 모든 일을 맡긴다는 게 좀…… 새엄마가 저 때문에 병이 나신다면 누구도 절 용서하지 않을 거예요."

"그 얘긴 벌써 두 번째야."

나는 은희에게 가볍게 미소지었다.

"새엄마가 승낙하실 때까지 계속할 거예요."

은희도 나에게 미소지었다. 그러자 부석부석한 얼굴을 덮고 있던 그늘이 잠시나마 걷히는 듯하였다.

"편안하게 생각해. 그래야 몸도 빨리 회복되지. 난 괜찮아."

"그래도……"

"그렇게 자꾸 따져서야 언제 정이 들겠어?"

내가 힘이 드는 건 사실이었다. 하지만 다소 힘에 부친다 하더라도 몸져 누워 있다거나 큰일을 당한 것도 아니면서 적지 않은 돈을 축낸다는 게 어쩐지 올바른 일이 아닌 것 같았다.

"누나 때문에 생활의 리듬이 완전히 깨져버렸어요. 엄마하고 함께 있을 시간도 없구요."

어느 날 아침, 빨랫줄에 기저귀며 다른 빨래들을 너는 일을 도와주고 있던 은수가 속삭이듯 작은 목소리로 말했다. 아직 달구어지지 않은 태양이 보름달처럼 하얗게 떠 엷은 안개 사이로 창백한 빛을 퍼붓고 있었다.

"……"

나는 은수와 둘이서만 있게 되는 것이 두려웠다. 나에 대한 그의 감정이 두려웠고 그에 대한 나의 감정이 더욱 두려웠다. 연애도 중매도 아닌 궁여지책으로서의 어중간한 결혼만을 해봤을 뿐 진정한 사랑이라고는 단 한 번도 경험해보지 못했던 나로서는 그러한 감정을 느껴보기는 처음이라서 무어라고 표현해야 할지 알 수는 없었지만 그것이 어떠한 이름의 감정이건간에 밖으로 드러내어서는 안 된다는 사실만은 분명했다. 그러나 그것은 얼마나 어려운 일이었던가!

나는 그러한 속마음을 눈치채이지 않으려고 빨래 너는 일에 열중해 있는 척 부지런히 몸을 움직였다. 은수는 더 이상 아무 말도 하지 않고서 널어놓은 빨래에 빨랫집게만 연신 물리고 있었다.

햇빛은 뿌연 채로 점점 안개를 지워가고 있었고 은수가 읽다가 정향나무 밑둥에 기대놓은 두꺼운 책 위로 나비 한 마리가 날아가고 있었다.

"엄마, 제가 사고를 내지 않았다 해도 엄마가 여기 오셨을까요?"

은수는 가끔 그렇게 묻곤 했었다. 그러면 나는 으레 이렇게 대답하곤 했었다.

"은수가 사고를 내지 않았다면 아버지가 그때 보험회사에 가셨겠어?"

그러면 은수는 또 이런 식으로 물었다.

"그렇지만 우린 어떻게든 만났겠죠?"

"글쎄…… 아마 만나지 못했겠지."

"아뇨. 우린 분명히 만났을 거예요. 만나지 않을 수 없는 운명이니까요."

운명! 나는 운명이라는 말이 무서웠다. 운명이라는 말 속에는 왠지 끔찍한 무언가가 도사리고 있을 것만 같았기 때문이다.

어쨌든 그때 나는 부지런히 빨래를 널면서 은수와의 그런저런 대화를 떠올리며 운명이니 뭐니 하는 것들에 대해 생각하고 있었던 것 같다.

"새엄마, 애기가 자꾸 우유를 토해요."

이층에서 은희의 다급한 목소리가 들려왔다.

"올라가보세요. 제가 마저 널께요."

바구니에서 빨래를 집어 들며 힘없이 말하는 은수의 얼굴이 내게는 마치 손이 닿지 않는 높은 가지에 피는 정향나무의 흰꽃처럼 아름답고도 해쓱하게 보였다.

나는 풀어졌던 생각들을 제대로 여미지도 못 한 채 급

히 집안으로 들어가 계단을 올라갔다. 은희의 방은 기저귀며 우유병 소독기 등 아기에게 소용되는 갖가지 물건들로 너저분하였으며 신생아방에서 나는 특유의 비릿하고도 달콤한 냄새가 꽉 들어차 있었다.

"많이 먹이지도 않았는데……"

은희는 가제수건으로 아기의 입 주위를 닦아내며 쩔쩔매고 있었다.

"모유를 먹이면 좋을 텐데."

"그러면 토하지 않을까요?"

"그거야 잘 모르지만 모유가 좋다고들 하니까."

"준호는 뭘로 키우셨어요?"

"모유로 키웠어."

"왜요?"

"경제적이니까."

"선택의 여지가 없었단 말예요?"

"그런 셈이지."

"말도 안 돼. 그럼 다이어트도 할 수 없잖아요."

"왜, 살찔까 봐 걱정돼서 그래?"

"당연하죠."

"은희는 지금도 날씬해."

"그렇지 않아요. 새엄마가 예전의 제 모습을 보셨어야

하는 건데. 저는 정확히 한 달 후에 전에 입던 옷들을 다시 입을 거예요."

"그래서 밥을 그렇게 조금씩 먹는 거야?"

"모르셨어요?"

"난 반찬이 맛이 없어서 그러는 줄 알았어."

"미안해요. 전 제 생각만 하고 있었어요."

"미안하긴. 난 은희가 건강을 해칠까 봐 걱정될 뿐이야."

나는 진실로 은희의 건강이 걱정되어 아기의 발육이니 인연의 소중함이니 뭐니 하는 것들에 대해 어설프지만 나름대로 마음을 기울여 말해보았다.

"새엄마는 준호아빠를 잊지 못하시죠?"

은희는 나의 생각들이 준호아빠의 죽음과 관련이 있다고 생각해서인지 아니면 그만 화제를 바꾸고 싶어서인지 그렇게 물었다. 그리고는 내가 대답할 겨를도 없이 얼른 덧붙였다.

"물론 잊어버린다면 오히려 이상하겠죠. 하지만 점점 희미해질 거예요. 아빠가 우리 엄마를 잊어버리는 것처럼요."

남편이 은희의 어머니를 그렇게 오랫동안 잊지 못하고 그리워한 것처럼 나도 준호아빠를 그리워한다고 말할 수 있을까, 하고 생각하자 나 자신이 우스운 인간으로 느껴졌다. 솔직히 말해서 나는 준호아빠를 몹시 그리워한다거나 그에 대한 환상을 만들어 스스로를 괴롭힌다거나 하는 것과는 거리가 멀었다. 그렇다고 해서 그에 대해 좋지 않은 감정이 있느냐 하면 그렇지도 않았다. 오히려 나에게 혹독했던 기억은 차츰 사라지고 드문드문 즐거웠던 일들만이 기억되었다. 요컨대 나로선 단지 그의 죽음을 사실로 받아들였으며 처음엔 앞으로 어떻게 살아갈 것인가 하는 생각으로 슬퍼할 겨를이 없었고 나중엔 새로운 생활에서 생긴 새로운 기쁨과 슬픔으로 인해 묵은 슬픔을 돌볼 만큼 한가롭지 못했던 것뿐이었다.

"어쩌면 죽은 사람을 그리워하는 편이 나을지도 몰라요. 헛된 희망에 대한 댓가를 치르지 않아도 되니까요."

나는 은희가 광희를 생각하며 말하고 있음을 느끼지 않을 수 없었다.

"채 서방은 은희를 사랑하고 있어. 설마 그걸 모르진 않겠지?"

"물론 알고 있어요. 하지만 그것이 제가 광희를 단념하는 데 도움이 되진 않아요."

"그래도 지금 은희에게 가장 중요한 것은……"

"광희를 제외한 것들이겠죠."

그녀는 내 말을 가로챘다. 그리고는 이렇게 덧붙였다.

"하지만 걱정 마세요. 광희는 절 생각지도 않으니까요."

"채 서방하고는 사랑해서 결혼하지 않았어?"

"그랬어요. 그렇게 믿고 싶었고 믿었어요. 하지만 결혼할 만큼 사랑하진 않았어요."

"결혼하고 나서 사랑에 빠지는 사람들도 있다던데."

"저하고는 거리가 먼 얘기예요."

"채 서방은 어때?"

"행복해요. 제가 아는 한."

"광희도 알고 있어?"

"뭘요?"

"은희가 괴로워하고 있는 것 말이야."

은희는 대답 대신 알 수 없는 미소를 짓고는 창밖으로 시선을 돌리며 이렇게 말하는 것이었다.

"저는 광희가 제가 아닌 누군가로 인해 저와 똑같은 불행을 겪게 되는 걸 원치 않아요. 저에 대해 알고 있든 모르고 있든 저는 광희를 사랑할뿐더러 제가 사랑하고 있는 광희의 모습이 무너지는 걸 보고 싶지 않으니까요."

나는 때로 그녀가 은수와 나에 관해 뭔가 눈치채고 있지 않을까, 하는 두려움이 생기기도 하였으나 다행히도 그녀는 모든 관심을 광희에게 집중시키고 있었기 때문에 우리의 문제는 눈에 띄지도 않는 것 같았다.

"채 서방하고는 상의가 됐어?"

아기가 깊이 잠들었길래 깔포대기 위에 조심조심 뉘어 놓고 나서 내가 물었다.

"상의라뇨?"

"애기 이름 말야. 빨리 지어서 부르고 싶지 않아?"

"아직 결정 못했어요. 채 씨라니, 쳇! 어울리는 이름이 있어야 말이죠."

은희는 채 서방에 대해 공연한 불만을 터뜨리고 있었다.

"채 씨는 예쁜 성이야. 작은 해바라기도 있고."

"작은 해바라기라뇨?"

"채송화가 작은 해바라기 아닐까?"

"채송화!"

은희는 햇빛을 받은 채송화처럼 환하게 웃으며 내가 추천한 아기의 이름을 천천히 발음하였다.

아기의 이름을 짓는다는 건 참으로 굉장한 일이었다. 아직 인생을 경험해보지 않은 새 사람에게 붙여져 새롭게 불리워질 새 이름! 그 이름은 이름의 주인인 아기와 함께 자신만의 사랑과 아픔과 실수를 향하여 천천히 걸음마를 시작하는 것이다.

"애기가 모든 것을 저한테 의지하고 있다고 생각하면 흐뭇하기도 하고 부담스럽기도 해요."

"누군가의 수호신이 된다는 건 바로 그런 것인지도 몰라."

"정말 그렇군요. 그런 걸 생각해내시다니 새엄만 정말 머리가 좋으신 것 같아요."

"좋기는."

"새엄마를 두고 떠나다니 준호아빠는 정말 바보예요."

"그는 나더러 바보라고 했었는걸."

"왜요?"

"행동이 빠르지도 못하고……"

"생각이 많은 사람에게 재빠른 행동을 요구하다니,"

은희는 말도 안 된다는 듯이 내 말을 가로챘다.

"그야말로 바보 같은 생각이에요. 철학자가 뛰어다니기를 바라는 것과 마찬가지지 뭐예요."

"내가 이름난 철학자였다면 누구도 날 나무라지 못했을 거야. 문제는 내가 아무것도 아닌 그냥 사람이었다는 데 있었던 거지. 게다가 내가 해낸 생각들로 말하자면 하나같이 가계에는 아무런 도움도 되지 않는 쓸데없는 것들 뿐이었으니 말이야."

"건강하게 집안일을 돌보는 것 자체가 엄청난 도움 아닌가요?"

"그야 그렇지만 그렇게 생각할 수 없었던 때도 있었어. 그런데 얘기가 왜 이쪽으로 왔지?"

나는 준호아빠와 옥신각신하던 일들은 잊어버리고 싶었다. 그는 나를 바보 취급하였고 바보로 만드는 데 재미를 느끼는 것 같았다. 그가 심한 말을 할 때면 나는 가슴이 마구 두근거렸으나 애써 억누르며 가만히 있었다. 그 이유는 내가 할 말이 없어서가 아니라 단지 집안이 조용하도록 하기 위함이었음을 그는 알지도 못했고 알려고도 하지 않았다. 내가 말을 거들게 되면 집안이 시끄러워질 것은 뻔한 이치인데 아들이 그같은 상황을 목격해서 좋을 일이 어디에 있겠는가. 그래서 나는 점점 바보를 닮게 되었고 바보가 되었던 것이다.

"엄마는 바보예요."라고 은수도 가끔 말하곤 했다. "이런 바보같이……"라고 남편도 가끔 말하곤 했다. "바보!"라고 준호도 가끔 말하곤 했다. 똑같은 나를 가리키는 똑같은 말이었으나 그 의미하는 바는 모두 달랐다. 바보에도 참 여러 종류가 있는 것 같았다.

"채송화 채송화……"

은희는 아기에게 붙여짐으로써 전혀 새로운 의미를 갖

게 된 꽃 이름이 마음에 드는지 여러 번 소리 내어 불러보고 있었다. 그리고는 이제 막 엄마가 된 불안감과 아기에 대한 놀라운 사랑을 가지고 사뭇 심각하게 물었다. 물론 농담이었지만.

"애기가 진짜 채송화로 변해버리면 어떡하죠?"

그래서 나도 농담으로 받아주었다.

"햇볕이 잘 드는 곳에 놓아두지 뭐."

"햇볕은 너무 뜨거울 텐데요?"

"그래도 해바라기인걸."

"해바라기라는 말은 너무 슬퍼요. 그렇게 작은 꽃이면서 해를 바란다는 것부터가 비극이지 뭐예요."

"그렇게 작은 꽃이지만 해를 바란다는 바로 그 점이 아름답지 않아?"

"그럴까요?"

"하지만 은희 마음에 걸린다면 다른 이름을 짓도록 해. 그건 내가 그냥 지이본 거니까."

"아뇨, 좋아요. 미경이한테도 알려줄 거예요."

"미경이?"

나는 그 이름을 듣는 순간 또다시 마음이 흐트러지기 시작했다.

"미경이가 여기 올 수 있는 기회를 놓칠 리가 없죠."

밖에서 사람 소리가 났다. 은수가 인사하는 소리까지 훤히 들렸다.

"홍 박사 아줌마예요. 미경이도 따라왔을 거예요."

은희는 몸을 일으켜 거울 앞으로 다가가며 자신있게 말했다. 그리고는 내가 창밖을 내다본 줄 알고 자신의 추측을 확인하듯 "맞죠?" 하고 물었다. 그러나 나는 내다보고 싶지 않아 그냥 아래층으로 내려왔다.

제19장

방문

그들은 은희와 아기를 보러 온 것이었다. 그리고 또한 홍 박사 부인은 부인대로 내가 사는 모습을 구경하러 온 것이기도 했고 미경이는 미경이대로 은수를 만나러 온 것이기도 했다. 그들은 오래전부터 매우 친숙하게 지내는 사이인 것 같았다.

"은희엄마가 살아 있었다면 마당 한구석도 그냥 놔두지 않았을 거예요."

거실에 앉아서 부채질을 하며 홍 박사 부인이 말했다. 잠시라도 에어컨을 켜고 싶었으나 찬바람이 산모에게 해로울 것 같아 그만두기로 했다.

나는 원래 있었던 약간의 푸성귀와 장미 등의 몇몇 꽃나무 그리고 내가 심은 도라지꽃이며 봉숭아 채송화 분꽃들이 예쁘게 어울린 마당을 속으로 뿌듯하게 생각하고 있었으나 그녀의 그러한 말을 듣게 되자 갑자기 모든 것이 민망하게 느껴졌다. 그녀의 말은 은희엄마라면 아무리 조그만 땅이라 하더라도 그럭저럭 놀리지 않고 채소라든가 곡식 등 살림에 직접적인 보탬이 되는 식물들을 야무지게 재배했을 것이라는 얘기였다. 사람들은 이상하게도 나만 보면 은희의 어머니에 관해 말하고 싶어 했다. 나의 존재가 그녀의 부재를 더욱 느끼게 하는 모양이었다.

"공장에 나가서 직접 미싱까지 돌렸다면 믿으시겠어요? 물론 공장을 처음 시작했을 때 얘기지만요."

홍 박사 부인은 통통하고 둥그스럼한 얼굴에 동정적인 빛을 가득 담고서 얼음커피를 한 모금 마셨다.

나는 은희어머니의 죽음에 내가 관련되기라도 한 것처럼 공연히 어색하고 미안스러운 느낌마저 들었으나 내가 그런 내색을 하게 되면 홍 박사 부인이 얼마나 무안할까 싶어 애써 자연스럽게 대하고 있었다.

"은희아빠가 느닷없이 젊은 여자하고 재혼을 한다기에 처음엔 걱정이 앞섰던 게 사실이에요. 혹시 무슨 꾀임에 빠지지 않았나 하고 말이죠."

"전 어쨌게요? 오죽했으면 서울에서 여기까지 달려왔을려구요."

이층에서 내려와 거실로 들어오며 은희가 끼어들었다. 새로 갈아입은 물방울무늬의 파란 원피스 때문인지 친근

한 사람을 만난 반가움 때문인지 그녀의 얼굴은 그동안의 우울이니 뭐니 하는 것들로부터 완전히 벗어나 놀라울 정도로 밝게 빛나고 있었다. 자신의 감정을 그렇게도 재빠르게 조절할 수 있는 그녀의 순발력이 나에겐 신기하고도 부럽게 느껴졌다.

"제가 저기 서서 창밖을 내다보고 있었는데요,"

은희는 연기를 하듯 창문 쪽으로 걸어가며 그렇게 말하다가 문득 어조를 바꾸었다.

"미경이는 무슨 할 말이 저렇게 많을까. 사랑엔 말이 필요없다는 걸 아직 모르고 있나 봐요."

그녀는 창밖을 본 것이었다.

"그걸 모르는 사람이 어디 있겠니. 실천하기 어렵다는 게 문제지."

홍 박사 부인이 한탄조로 은희의 말을 받았다.

"그건 그래요. 어쨌든 제가 여기 서서 창밖을 내다보고 있었는데요,"

은희는 다시 원래의 이야기로 돌아왔다.

"아빠가 직접 차를 몰고 들어오시지 뭐예요. 합창대 소년처럼 말끔하게 차려 입으시고 입가에 행복한 미소를 지으시고 말예요."

"말도 마라. 느이 아빠 결혼한 뒤로 내가 얼마나 구박

당하면서 사는 줄 아니?"

"구박이라뇨? 대체 누구한테서요?"

"누군 누구야, 미경이아빠지. 나만 없으면 자기도 새장가를 갈 수 있다느니 뭐니 하면서 나를 완전히 할망구 취급을 하는구나 글쎄."

"말도 안 돼."

그들은 이야기가 재미있는 모양이었다.

"그렇지만 늙었다는 건 사실이야. 그렇지 않고서야 어떻게 이런 주책없는 얘기를 늘어놓을 수 있겠니."

그들은 내가 그들의 이야기로 불쾌했으면 용서해달라고 말했다. 그래 내가 용서라니 무슨 말이냐, 난 아무렇지 않다고 말해주었다. 나로서야 그들의 이야기가 뭐 그리 유쾌할 것도 없었지만 뭐 그리 불쾌할 것 또한 없었던 것이다.

미경이는 정향나무 아래에 서서 계속 뭔가를 말하고 있었고 은수는 읽고 있던 책을 접어 든 채 쭈그리고 앉아 땅바닥에 뭔가를 끄적거리고 있었다.

"어때요? 예쁜 이름이죠?"

홍 박사 부인과 은희는 이제 아기에 관해 말하고 있었다.

"이름만큼 얼굴도 이쁜지 한 번 보자꾸나."

그들이 이층으로 올라가고 난 뒤 나는 보지 말아야겠다고 생각은 하면서도 자력에라도 끌린 듯 자꾸 창밖을 쳐다보며 건성으로 탁자를 치웠다.

은수와 미경이가 함께 있다는 사실이 그렇게까지 내 마음을 어지럽히리라고는 짐작도 못 한 일이었다. 미경이는 엄마를 닮아 둥글고 귀염성 있는 얼굴에 키는 보통이었고 소매 없는 흰색 블라우스에 짙은 감색 반바지를 재치있게 입고 있는 걸 보면 알맞게 살이 오른 자신의 체격을 어떻게 하면 좀 더 매력적으로 보이게 할 수 있을까, 하는 것쯤은 너무나도 잘 알고 있는 것 같았다.

"엄마, 어디 아프세요?"

다음 날 아침 이것저것 일을 하던 사이에 식탁의자에 앉아 잠시 쉬고 있던 나에게 은수가 옆으로 다가와 앉으며 물었다.

"아프긴. 그냥 좀 쉬고 있을 뿐이야. 왜 아플 거라고 생각하지?"

나는 가슴이 두근거리는 것을 들키지 않으려고 식탁 위에 놓인 물건들을 공연히 이리저리 옮겨놓으며 되도록 가볍게 대꾸했다.

"저한테 좀 시키세요. 혼자 다 하지 마시고."

"은수는 대사 외우기에도 바쁘잖아."

그는 머지않아 막을 올리게 될 새 작품을 연습하고 있는 중이었다.

"연극도 전처럼 즐겁지 않아요. 제가 진짜 원하는 게 아닌 것 같아요."

"은수는 진짜 자기가 원하는 게 무엇인지 알고 있어?"

"알고 있어요."

"대부분의 사람들이 괴로워하는 건 바로 그걸 모르기 때문이라고 하던데…… 은수는 용케도 알아냈네."

나는 마음을 진정시키기 위해 억지로 미소지으며 창문 밖에서 방충망을 오르락내리락하고 있던 벌 한 마리에 정신이 팔린 척하고 있었다.

"제가 괴로운 건 바로 그걸 알기 때문인걸요."

"그래?"

나는 왠지 그의 다음 얘기가 두려워 얼른 그렇게 대꾸하고 나서 싱크대 쪽으로 걸어갔다. 그리고는 싱크대 위에 붙어 있는 찬장문에 머리를 기대고 서서 씻어놓은 그릇들을 하나씩 하나씩 마른행주로 닦아 제 자리에 넣었다.

"엄마, 제가 원하는 건 엄마뿐이에요. 엄마가 오시기 전엔 대체 무얼 위해 살았었는지 모르겠어요. 어쩌면 엄마와 같은 여자를 꿈꾸면서 살았었는지도 모르죠."

그는 연극 대사를 외우듯 천천히 정확하게 발음하였다.

"전 오필리어나 줄리엣, 블랑쉬, 로라, 록산느 같은 아름답고 가엾은 연극 속의 여자들을 사랑했어요. 제 마음대로 옷을 입히고 제 마음대로 얼굴을 만들어 연극 속의 남자들이 주지 않았던 사랑까지 모두 주고, 받지 못했던 사랑까지 모두 받곤 했었지요. 아무도 절 방해하지 못했어요. 그럴 수가 없었던 거죠. 저만의 세계였으니까요. 그 속에 들어앉아 세상을 내다보면 너무나도 한심하게 보였어요. 어울려 다니기에 급급한 학생들…… 진정한 사랑이나 우정에 대해선 아예 생각조차 하지 않는 사람들…… 만일 광희형이 없었다면 전 친구가 무엇인지도 모르고 지냈을 거예요. 언젠가 광희형이 말하더군요. 어쩌면 살아 있는 사랑이 마음의 공허를 메꾸어줄 수도 있을 거라구요. 하지만 전 제가 만들어낸 여자들로 충분하다고 생각했어요. 살아 있는 사랑이 어떤 것인지 몰랐으니까요. 제가 애지중지하던 여자들이란 게 한낱 인쇄된 종이 부스러기에 불과하다는 사실을 전혀 몰랐으니까요. 제 사랑이란 건 어쩌면 아버지가 돌아가신 어머니를 사랑하신 것과 비슷한 것이었는지도 몰라요. 그런데 아버지와 제가 하필이면 한 사람한테서 해답을 찾아내다니……"

은수는 말을 중단하고 괴로운 듯 두 손으로 머리를 감싸쥐었다. 아니 그런 것 같았다. 왜냐하면 나는 아직도 찬장에 머리를 기댄 채로 서서 느릿느릿 그릇들을 정리하고 있었는데 맨 아랫칸에 넣어둔 푸른색의 반질반질한 도자기그릇에 고정되어 있던 은수의 형체가 갑자기 흔들렸기 때문이다.

"그건……"

나도 모르게 내 입에서 말이 새어나왔다. 그러나 미처 말을 시작하기도 전에 은수가 가로막아버렸다. 하지만 그것은 다행스러운 일이었다. 내가 무슨 말을 하려 했는지 나 자신으로서도 잘 알 수 없었기 때문이다.

"엄마, 전 미칠 것 같아요. 차라리 미쳐버렸으면 좋겠어요."

나는 은수에게로 다가가 괴로움으로 뒤엉킨 그의 머리를 감싸안고 이렇게 말해주고 싶었다.

"나도 은수를 사랑해. 도저히 감출 수 없을 정도로……"

그러나 나는 가까스로 정신을 집중시켜 단지 이렇게 말했을 뿐이었다.

"피리장이에게 져선 안 돼. 그가 누군지는 알고 있지?"

나는 얼마 전 남편이 했던 이야기가 떠올라 그렇게 말해주었던 것이다. 그러자 현실의 것이라고 하기에는 너무나도 애처롭고 피로한 목소리가 아주 먼 곳에서 속삭이듯 조그맣게 들려왔다.

"전 그를 따라가고 싶어요. 하루 종일 저를 부르는걸요. 귀를 막아도 소용없어요. 물 속이든 동굴 속이든 전 그를 따라가고 말 거예요."

"피리장이는 가장 아름다운 소리로 피리를 불지만 검은 망또자락으로 불행을 일으킨다는 사실을 잊어선 안 돼."

나는 그를 타이른다기보다는 나 자신에게 들려주기 위해 할 수 있는 한 침착하고 또렷또렷하게 말하려고 노력했다.

"전 모든 걸 잊고 싶어요. 엄마에 관한 것들만 빼놓구요. 엄마가 처음 여기 오셨을 때의 모습이라든가 그때의 저의 느낌이라든가 하는 것들처럼 소중한 기억들만 빼놓구요. 그날 저는 제 방에서 창문을 열어놓고 마당을 내려다보고 있었는데 엄마의 모습을 보자 심장이 멎을 것만 같았어요. 마치 무엇인가에 세게 부딪힌 것 같았죠. 그때 모든 걸 알았어야 했는지도 몰라요. 아니 이미 알고 있었는지도 모르죠. 내려가 인사를 드려야 한다고 생각은 하면서도 도저히 그럴 수가 없었어요. 용기가 없었던 거죠. 그래서 준호에게 내려갔던 거예요. 준호는 너무나도 어리고 순하게 보여서 제 마음을 알아차리지 못할 것 같았으니까요. 너무나도 약하고 쓸쓸하게 보여서 제가 빨리 내려가지 않으면 안 될 것 같았으니까요. 얼마나 다리가 떨리던지 발을 헛디뎌 떨어질 것만 같았어요. 그날부터 저는 엄마가 오실 날만을 기다렸어요. 돌아가신 어머니가 살아서 오신다고 해도 그렇게까지 기다리지는 못했을 거예요."

"아무리 돌아가셨다고 해도 어머니에 대해 그런 식으로 말하는 건 옳지 않아."

나는 가만히 듣고 있기가 민망하여 한마디 하지 않을 수 없었다. 그러나 그는 내 말을 들었는지 못 들었는지 하던 얘기만을 계속했다.

"엄마와 함께 있으면 전 어른이 된 것 같아요. 그리고 동시에 어린애가 된 것 같아요. 엄마 없이 자란 탓인지도 모르겠어요. 엄마는 저에게 너무도 많은 것을 의미해요. 엄마가 집에 계신다고 생각하면 행복해서 강의내용이 귀에 들어오지도 않아요. 그리고 동시에 불안해서 견딜 수가 없어요. 학교에서 가끔 전화를 하는 것은 바로 그 때문이에요. 엄마한테 갑자기 무슨 일이 생겨 집에 안 계실지도 모른다는 생각이 들거든요. 어떤 때는 엄마가 아래층에 계신다고 생각하면 행복해서 잠이 오지 않아요. 그리고 동시에 안 계시면 어쩌나 하는 생각 때문에 역시 잠을 이룰 수가 없어요. 한 번은 창문에 매달려 엄마가 머리 빗으시는 걸 본 적이 있어요. 죄송해요. 전 단지 엄마가 잘 계시는지 알아보려는 생각뿐이었어요. 엄마는 머리를 다 빗어 풀어놓으시고 거울 앞에 서서 제가 드린 밀짚모자를 써보시는 게 아니겠어요? 그때 제 가슴이 얼마나 두근거리던지 그 소리가 엄마한테까지 들릴까 봐 겁이 났었어요. 아버지를 부러워한 적이 한두 번이 아녜요. 엄마를 마음껏 사랑할 수 있으니까요. 준호를 부러워한 적도 한두 번이 아녜요. 엄마를 이렇게 사랑하지 않고도 함께 살 수 있으니까요……”

창밖에선 햇볕이 뜨겁게 달아올라 담벼락도 약국의 간판도 모두 바스라져버릴 것만 같았다. 그때 전화벨이 울렸다. 은수는 바로 코앞에서 울리는데도 벨소리를 전혀 듣지 못하는 사람처럼 꿈쩍도 않고 앉아 있었다. 그래서 나는 남편이 준호를 위해 식탁 위에 마련해준 딱정이 모양의 빨갛고 조그만 전화기 옆으로 가 한 손으론 식탁 모서리를 짚고 다른 한 손으론 수화기를 들어 귀에 대고 미경이의 젊고 귀여운 목소리에 애써 태연하게 대답하였다.

“거실에 가서 받도록 해.”

은수에게 내가 말했다.

“그냥 주세요.”

은수는 내 손에서 수화기를 받아들더니 퉁명스런 목소리로 전화를 받았다. 그래서 나는 그 자리에 있기가 어색하여 내 방으로 갔다.

창밖으로 능소화가 휘어 피던 아름다운 내 방! 나는 방안에 들어서기가 무섭게 자동인형처럼 소파에 쓰러져 눈을 감았다. 그러자 애써 버티고 있던 힘이 쭉 빠지며 정신이 아득해지는 것이 다시는 일어나지 못할 것만 같았다.

제20장

추석 선물

여름방학이 끝날 무렵 은희는 작은 해바라기를 안고 돌아갔다. 그동안 힘들었던 부분도 많았지만 그들을 태운 자동차가 눈앞에서 휭 하니 사라져버리자 무엇보다도 섭섭한 마음이 앞섰다.

"새엄마, 다음부터는 그냥 엄마라고 부를께요."

차에 오른 은희가 아기를 받아안으며 나에게 속삭이던 말이 귓가에 남아 어쩐지 서글픈 반향을 일으키고 있었다.

"이제 좀 쉬어. 집안이 번거로우면 어디 여행이라도 다녀오든지."

은희를 배웅하고 나서 현관으로 들어서며 남편이 말했다.

"번거롭긴요. 전 집에 있는 게 제일 좋아요. 그리고 내일모레면 추석인데 어딜 가겠어요?"

여름은 그 며칠 동안을 고비로 성큼 물러선 듯 아침저녁이면 제법 선선한 기운이 감돌아 추석이 가까워졌음을 실감케 되었다.

"엄마, 반달 같지?"

추석 전날 부엌 바닥에 앉아 송편을 빚고 있던 준호가 자기가 빚은 송편 하나를 나에게 보여주며 물었다.

"반달보다 더 예쁜데?"

물론 그가 빚은 송편은 예쁘지도 않았고 반달 같지도 않았지만 나는 그를 만족시키기 위해 얼른 그렇게 대답해 주었다. 그러자 남편도 옆에서 맞장구를 쳤다.

"송편 만드는 걸 보니 우리 준호는 이다음에 예쁜 색시 얻겠는걸."

그 말은 송편을 예쁘게 빚으면 잘생긴 신랑을 얻게 된다는 옛부터 전해 내려오는 이야기를 바꾸어 말한 것이었다.

"정말이에요?"

"그럼, 정말이지."

"형한테 물어봐야지."

"은수한테?"

준호는 고개를 끄덕였다.

나는 그들의 대화에서 갑자기 은수의 이름이 나오자

불안한 생각이 들었다. 물론 남편이 무얼 알고 있으리라 생각되진 않았지만 왠지 나의 속마음이 훤히 비쳐보이는 것만 같아 무섭고 두려웠다.

“지금 물어볼까? 은수는 이층에 있지?”

“은수는 새 연극을 익히느라 바쁠 거예요.”

나는 말머리를 다른 데로 돌리기 위해 슬쩍 그들의 이야기에 끼어들었다.

“아무리 바빠도 그렇지. 오늘 같은 날 저러고 있다니, 말이나 돼? 식구라고 해봐야 달랑 넷인데, 요즘은 통 마주앉을 기회조차 없으니. 준호가 올라가서 좀 데리고 올래?”

두 손바닥으로 동글려 동글납작하게 만든 반죽 속에 돔부소를 떠 넣으며 남편이 말했다. 그러자 준호가 “알았어요.” 하면서 옷에 묻었던 쌀가루며 반죽 부스러기들을 우수수 떨어뜨리며 부엌 밖으로 나갔다.

“참으로 오랫동안 꿈꾸었던 일이야. 내 가정, 내 가족, 가족들과의 단란한 일상생활…… 보통사람들에겐 잘 느껴지지도 않을 만큼 늘 있는 그저 그런 것들이 나에겐 가장 소중하고 절실한 부분이었거든. 나도 한때는 그들처럼 살았었다는 사실이 믿어지지 않았었는데, 이제 그 꿈이 이루어졌다는 사실이 또한 믿어지지 않아.”

남편의 평화스러운 목소리는 유리창을 타고 흘러내리는 이슬방울처럼 내 마음을 타고 흘러내렸다. 그가 마침내 이루었다고 믿고 있던 그 꿈이란 것이 실은 얼마나 불안하고 위태로운 것이었던가!

"조금 있다 내려온대요."

준호가 혼자서 부엌으로 들어오며 말했다.

"게으른 녀석 같으니!"

"형은 어디가 아픈가봐요."

"그 녀석이 그렇게 말하던?"

"아뇨. 그냥 내가 보기에 그래요."

"'내가'가 뭐니? 어른한텐 '제가'라고 해야지."

나는 또다시 그들의 대화에 끼어들었다. 그야 물론 준호의 말을 바로잡기 위해서였지만 어떻게든 화제를 바꾸고 싶었던 것 또한 사실이었다.

"그냥 둬. 그런 건 크면서 저절로 다 알게 되는 법이야. 우리 준호만큼 착한 아이가 어디 있다고 그래?"

남편은 언제나 그렇듯이 준호를 두둔하였다. 나는 그런 남편이 너무나도 고마워서 무어라 대꾸할 말을 찾을 수조차 없었으며 나 자신이 점점 더 우습고 추악하게 느껴지는 것이었다.

"아저씨, 이게 뭔지 알아맞혀보세요."

송편 만들기에 싫증이 났는지 반죽을 주물럭거리며 놀고 있던 준호가 이상스런 모양을 만들어 가지고 남편에게 보여주었다.

"그건 네가 좋아하는 딱정이 같은데?"

"아녜요."

"그럼 뭘까?"

준호가 가지고 놀던 반죽은 쌀가루에 모싯잎을 넣어서 만든 것으로 곱고 연한 연두색을 띠고 있었다.

"그럼 연두벌레로구나?"

"아녜요. 연두벌레는 이렇게 생겼잖아요."

준호는 반죽을 조금 떼더니 두 손바닥으로 길게 둥글려가지고 한 손으로 꽉 쥐었다. 그러자 손가락 사이사이로 반죽이 들어가 영락없는 연두벌레 모양이 되었다.

"그렇구나. 그럼 이 못생긴 놈은 대체 뭘까?"

남편은 준호를 재미있게 해주려고 일부러 모르는 척하고 있는 것 같았다.

"눈이 크잖아요."

준호가 힌트를 주었다.

"혹시 요놈이 말이다, 엄마 말을 안듣고 '굴개 굴개' 하던 놈 아니냐?"

준호는 맞았다는 뜻으로 빙그레 웃었다.

"이번에는 내가 뭘 만드는지 맞혀봐라."

그들은 모시반죽을 가지고 준호가 만든 것과 비슷한 여러 마리의 개구리와 연두벌레들을 만들었으며 흰반죽을 가지고는 하나같이 못생긴 돼지와 토끼와 코끼리들을 만들었다. 그리고 나중에는 색깔의 구분도 없이 수많은 공과 눈사람과 종을 알 수 없는 야릇한 동물들을 무수히 탄생시켰다.

남편과 준호. 멀다면 멀고 가깝다면 가까운 그들 두 사람은 나를 필요로 한다는 점에선 똑같이 어린아이였다. 은수 역시 그랬다. 그러나 그는 특별한 것을 요구하는 어린아이였다. 그가 갖고 싶어하는 것은 놀이터에도 장난감 가게에도 없는 오로지 나의 영혼 속에서 떨고 있는 가느다란 불꽃 같은 것이었기에 그가 조금만 손을 내밀어도 그것은 송두리째 뒤흔들리며 나의 영혼의 내부를 여지없이 그을려놓곤 했다.

"남자들이란 아무리 자기의 일이나 사상에 열중한다 해도 한 여자의 사랑을 얻지 못한다면 어디서도 인생의 공허를 메꾸지 못할 거예요."

언젠가 아침나절에 광희가 그렇게 말한 적이 있었다. 나는 그때 정향나무 밑에 앉아 김칫거리를 다듬고 있었는데 은수가 내려오기를 기다리며 주위를 서성거리고 있던 그가 무슨 말끝에 그렇게 말하는 것이었다.

"그것은 어쩌면 엄마가 옆에서 봐주지 않으면 그 어떤 놀이도 신이 나지 않는 어린아이와 같은 경우인지도 모르죠."

"그러기에 엄마는 결국 아들의 연인에게 밀려나는 것 아니겠어? 엄마와 연인이 동시에 필요하진 않으니까 말야."

광희는 그때 마침 노트를 입에 물고 농구화를 신으며 밖으로 나온 은수와 수강신청에 관해 얘기하며 대문을 나섰다.

"광희형이다!"

동물 만들기에도 어지간히 싫증을 내고 있던 준호가 초인종 소리에 생기를 띠며 소리쳤다.

"광희인지 어떻게 알아?"

남편이 물었다.

"광희형은 세 번 누르거든요. 천천히요."

광희는 그날 아침 이후로 처음 온 것이었다. 정장차림이라서 그런지 평소보다 훨씬 더 아취가 있어 보였으며 그렇잖아도 잘생긴 그의 얼굴은 와이셔츠의 하얀 빛을 받아 더욱 수려하게 보였다.

"자넨 날 초라하게 만드는군."

광희가 나에게 추석 선물을 내밀자 남편이 그렇게 말

했다. 자기는 선물을 준비하지 못한 점이 마음에 걸리는 모양이었다.

"제 눈엔 제왕으로 보이는걸요."

광희가 말했다.

"부엌일하는 제왕도 있다던가?"

"부엌일이야말로 진짜 제왕의 금장식이죠."

그들은 격의없는 농담을 주고받으며 즐겁게 웃었다.

선물은 앞치마였다. 분홍색 바탕에 드문드문 흰꽃이 수놓아져 있고 호주머니는 커다란 나비리본으로 되어 있었으며 끈을 목에 거는 대신 어깨에 걸치도록 되어 있는 매우 예쁘고도 편리한 앞치마였다. 그때까지 내가 입고 있었던 것은 준호아빠와 살 때부터 입던 것으로 낡고 색이 바래어 볼품이 없었을 뿐만 아니라 더러움도 빨리 타고 목에 걸기 위해 고정된 끈 속으로 머리를 집어넣을 때면 으레 뒷머리에 꽂힌 핀을 끌어내려 머리를 느슨하게 만들어놓곤 했었다. 그러나 물론 새 앞치마를 선물로 받기 전까지는 그게 너무 낡았다거나 불편하다거나 하는 생각들을 해본 적이 없었다. 그런데 바로 그러한 사실들을 광희가 놓치지 않았다는 점이 나를 놀라게 했다.

"한 번 입어보지 그래. 광희가 보고 싶을 텐데."

남편이 말했다.

"얼른 입어봐."

준호까지 서둘렀다.

그래서 나는 낡은 앞치마를 벗고 광희가 사온 새 앞치마를 입어보았다.

"예쁘다!"

준호가 말했다.

나는 광희에게 진심으로 고맙다고 말하고 나서 다시 헌 앞치마로 갈아입었다. 그런 다음 새 앞치마는 눈에 잘 띄는 싱크대 옆 선반의 가장자리에 걸어두고 송편 빚던 일을 계속했다.

나는 늘 순간적인 변화에 강하지 못했다. 헌 앞치마가 아무리 볼품없이 낡아버렸다 해도 그렇게 갑작스럽게 벗어던질 수는 없었던 것이다. 이제 새것으로 갈아입어야지…… 얼마나 예쁜 앞치마인가…… 라고 생각하며 새 앞치마와 친숙해질 수 있는 시간이 필요했던 것이다. 새 옷을 샀을 때에도 새 물건을 샀을 때에도 마찬가지였다. 옷장을 열어보고 서랍 속을 자꾸자꾸 들여다보면서 그들과 어느 정도 낯이 익게 된 뒤에야 비로소 내 것이라는 느낌을 가질 수 있었던 것이다. 그러한 감정은 비단 물건에 한한 것만이 아니었다. 어디를 갈 때에도 며칠 전부터 가야겠다고 마음을 정해놓고 가방도 챙기고 옷가지도 챙기고 이런저런 물건이며 여비 등을 미리미리 챙겨두었다가 제 시각에 집을 나서야만 마음이 가지런하고 정말 어딜 가는구나, 하는 느낌을 가질 수 있었다. 그래서 내 경우는 어딜 가든 대개 마음이 며칠 앞서 출발하고 며칠 앞서 돌아오기 마련이었다.

"나도 선물을 준비해야겠어. 아주 바보가 된 기분이야."

남편이 말했다.

"죄송합니다, 아버님. 다음부터는 꼭 아버님께 보고드린 후에 선물을 드리도록 하겠습니다."

"당신, 샘내시는 거예요?"

내가 끼어들지 않을 수 없었다.

"늙을수록 샘이 많아지는 법이야."

"그렇다고 설마 송편 빚는 걸 그만두고 선물 사러 나가시는 건 아니겠죠?"

"그럴까 생각중이야."

"나머지는 저에게 맡기시고 얼른 다녀오십시오."

이번엔 광희가 끼어들었다.

"자네 차림새를 보아하니 일할 텃수는 아닌 것 같은데?"

"옷이야 벗으면 되는 것 아닙니까."

"속옷은 제대로 입었겠지?"

"가능한 한 입지 않으려고 노력했습니다. 하하."

"그렇다면 문제가 심각해지는데?"

"그렇다면 제대로 입은 걸로 정정하겠습니다."

"자네 우선 이층에 가서 은수녀석 좀 끌고 내려오겠나?"

"감시병을 세워두고 가시겠다, 그 말씀이십니까?"

그들은 유쾌하게 말장난을 하고 있었다. 하지만 남편은 기분이 매우 좋으면서도 한편으론 질투하는 애인처럼 광희에게 마음이 쓰이는 모양이었다. 그러나 정작 질투해야 할 사람이 누구인지 알았다면 그는 어찌 되었을까.

제21장

성묘

"그 사람도 이제 마음이 놓일 거야."

추석날 아침 은수어머니를 위해 마련한 차례상 앞에서 남편이 나에게 말했다.

"그렇지 않을 거예요. 저를 속속들이 안다면."

나는 남편의 다정한 목소리에 가책을 느끼며 조그맣게 말했다.

"당신이 그 사람을 몰라서 하는 소리야. 당신에게 고마움을 느낄 게 분명해."

남편은 은수어머니에 관해서라면 모든 것을 다 알고 있다는 듯이 말했다. 그러나 나는 그가 은수나 나에 대해서 모르는 것과 마찬가지로 그녀에 대해서도 역시 모르고 있는 게 아닐까, 하는 생각이 들었다. 사람은 자기 자신 외에는 그 누구에 대해서도 알 수가 없는 것이다. 아니 자기 자신에 대해서조차 알 수 없는 부분이 너무나 많이 있다고 해야 옳을 것이다.

"저는 집에 있겠어요."

차례상을 물리고 나서 아침밥을 먹으며 은수가 말했다. 성묘하러 가지 않겠다는 얘기였다.

"왜, 무슨 급한 볼일이라도 있냐?"

"그런 건 아녜요."

"그런 것도 아니면서 일 년에 한두 번 하는 성묘를 빠뜨리겠다는 거야? 조상 돌보는 일을 귀찮게 여겨서는 안 된다. 조상 없이 우리가 어떻게 존재할 수 있겠어."

"저는 존재하고 싶지 않아요."

그들은 목소리를 높이지는 않았으나 서로에 대한 불만을 품은 채로 아침식사를 마쳤다. 나는 이 모든 불화의 원인이 나에게 있다고 생각하자 눈앞이 흐려지고 가슴이 죄어들어 도무지 일이 손에 잡히지 않았다.

"당신 보기가 부끄럽군. 에미 없이 자란다고 귀여워만 해주어서 저런 모양이야. 혹시 무슨 걱정거리가 있다는 말 못 들었어?"

평소보다 몇 배나 많은 일감으로 어수선하던 부엌으로 들어와 남편이 나에게 말했다. 은수와의 일이 아무래도 마음에 걸리는 모양이었다. 그렇잖아도 은수를 둘러싼 생각들로 머릿속이 터질 것 같던 나로서는 뭐라고 대답을 해야 할지 적당한 말을 찾을 수가 없었다.

"아뇨. 전……"

"미안해."

내가 빨리 말을 잇지 못하자 남편이 내 말을 가로막았다.

"난 그저 은수가 어쩐지 전처럼 명랑하지 않은 것 같아서 걱정이 되었던 것뿐이야."

그는 내가 몹시 언짢아하고 있다고 생각했는지 아이를 달래듯 몇 번이나 내 어깨를 토닥거리고 나서 은수를 타이르기 위해 혹은 결코 덜어줄 수 없는 그의 걱정거리를 덜어주기 위해 이층으로 올라갔다. 우리가 제각기 어떠한 위험에 맞물려 있는지 꿈에도 모르고 있던 남편. 바닥에 끌리는 그의 실내화 소리는 풀리지 않는 사랑과 고뇌와 연민으로 가득 찬 내 가슴을 이중 삼중으로 울리며 멀어져갔다.

그날은 성묘하러 가기에 매우 좋은 날씨였다. 맑은 햇빛…… 간간이 부는 서늘한 바람…… 바람결에 묻어오는 들냄새 나뭇잎냄새……

"메밀죽을 먹으면 어찌 그리도 뱃속이 근질근질하던지……"

산소에 앉아 길 건너 논이며 산이며 눈처럼 흰꽃으로

뒤덮인 메밀밭들을 바라보며 남편이 천천히 과거를 회상하였다.

"왜 근질근질하죠? 메밀묵은 그렇지 않은데."

"묵이야 열매로 만드니까 그렇지."

"그럼 죽은 열매로 만들지 않나요?"

"줄기채 베어다가 끓여먹었지. 열매가 익을 때까지 기다릴 수가 없었거든. 아무튼 그때는 그랬어."

"당신도 가난할 때가 있었나보군요?"

"당연하지. 당신이 아무리 어렵게 살았다 해도 우리 세대의 가난함을 이해하기란 그리 쉬운 일이 아닐 거야."

"저도 조금은 알고 있어요."

"어쨌든 먹을 것 입을 것 땔 것 무엇 하나 풍족한 게 없었으니까. 공책이 없어서 글씨도 회푸대 종이에 쓸 때가 많았는데 뭐. 회푸대 종이도 귀했어. 가방도 중학교에 들어가서야 처음으로 들어보았는데, 비 오는 날이면 젖을까봐 보듬고 뛰어가곤 했었지."

"우산도 없었어요?"

"없었지. 있다고 해야 기름 먹인 종이로 만든 지우산이거나 숨만 크게 쉬어도 뒤집힐 것 같은 얇은 비닐우산이 고작이었지만 그거라도 받을 수 있을 땐 그야말로 부자가 부럽지 않았어."

"이제 정말 부자가 되셨잖아요."

"부자가 되었다고? 내가?"

"그럼요. 당신은 제가 본 사람 중에서 제일 부자인 걸요."

"내가 가진 거라곤 알량한 봉제공장 하나하고 낡은 이층집뿐이야."

남편은 우스운 모양이었다.

"그러니까 부자죠."

"하긴 그래. 당신 말이 맞아. 지난 시절에 비한다면 백만장자가 된 셈이지. 그런데 무슨 얘길 하다가 여기까지 왔지?"

"메밀죽 얘기요."

"그래, 메밀죽! 참 근질근질하기도 했지!"

"정말 어려운 시절이었나봐요. 물론 저도 어렵게 자랐지만 도시에서 살았기 때문에 속속들이 그런 경험까지는 못 해봤어요."

"못 해봤길 천만다행이야. 그 당시의 흉년이라는 건 차마 눈 뜨고 볼 수 없는 참상이었으니까."

"도시라고 해서 참상이 없는 건 아네요. 물론 농촌의 흉년만큼 비참하지 않을지는 모르지만요."

어린 시절을 생각하며 내가 말했다. 모든 살림살이들

이 한 눈에 드러나 보이던 단칸방. 뜨겁게 달구어진 백열등 아래 놓여 있던 낡은 재봉틀과 하루 종일 그 위에 몸을 굽히고 계시던 엄마. 달달거리는 재봉틀 소리가 전혀 들리지 않는 듯 꿈쩍않고 앉아 책만 들여다보고 있던 오빠. 사춘기가 되면서부터 아침마다 그 축축하고 연탄냄새가 나던 비좁은 부엌으로 들어가 옷을 갈아입으며 나는 다짐했었다. 절대로 엄마처럼은 살지 않겠다고.

"당신이 어렵게 자랐다고 생각하면 마음이 아파. 과거 속의 당신에게 잘해줄 수 있다면 좋으련만."

"고마워요. 하지만 과거를 조절할 수 있는 사람이 어디 있겠어요. 만일 그럴 수 있다면 진정한 의미의 과거란 존재하지 않게 되는 거죠."

"안타까운 일이야."

"과거의 매력이란 바로 거기에 있는지도 몰라요."

"형, '과거의 매력'이 뭐야?"

산소 한쪽에 널어놓은 마른 풀더미를 뒤적거리며 놀고 있던 준호가 개미를 보았는지 "개미야, 도와줘. 난 노래 부르느라 시간이 없었거든." 하며 '개미와 베짱이' 이야기를 혼자서 중얼거리다가 어느 틈에 내 말을 듣고 이해할 수 없었던지 은수에게 다가가며 물었다.

"그건 절망적인 매력이야."

어쩔 수 없이 함께 나온 은수는 자기 어머니의 무덤 옆에 앉아 무슨 풀줄기 하나를 씹으며 그야말로 절망적인 표정을 짓고 있었다.

"절망적이 뭔데?"

"희망이 없다는 뜻이야."

"왜 희망이 없어?"

"절망적이니까."

나는 되도록이면 은수에게 마음을 쓰지 않으려고 노력했지만 잘되지 않았다. 남편과 이야기를 하고 있으면서도 생각은 번번이 그에게로 날아가 그의 동정을 살피고 그의 괴로움에 합류하는 것이었다.

"준호야, 형한테 성가신 질문 그만하고 이리 와."

내가 준호를 부르자 남편이 또 그의 편을 들었다.

"그냥 둬. 그 나이엔 다 그런 법이야."

바람에 날리는 그의 흰 머리카락들이 늪지에 핀 갈대꽃처럼 부스스해 보였다. 그가 만일 그처럼 늙지 않았거나 그처럼 나에게 잘해주지만 않았어도 내 마음이 그렇게까지 무겁지는 않았을 것이다.

남편이 죽으면 당연히 저 자리에 묻히겠지, 하고 생각하며 은수어머니의 무덤 왼쪽에 있는 빈자리를 보고 있자니 나 자신이 어쩐지 처량하게 느껴졌다. 나는 어디에 묻히게 될까? 물론 여기에 묻힐 수는 없다. 준호아빠 옆에 묻힐 수도 없다. 살아서 두 번이나 소속되었기 때문에 죽어서는 한 곳에도 소속될 수 없다는 것일까? 하지만 그건 오히려 매우 잘된 일인지도 모른다. 왜냐하면 그때에야 비로소 나는 아무런 구속도 부담도 없이 엄마와 오빠 곁으로 갈 수 있을 것이기 때문이다. 마치 그 옛날 넷째방에서 셋이 함께 살았듯이 다닥다닥 무덤들이 붙어앉은 비좁은 공동묘지에서 다시 만나 그리운 그 시간 속에서처럼 영원히 함께할 수 있을 것이기 때문이다.

"엄마, 왜 웃어?"

언제 옆으로 왔는지 준호가 나에게 물었다. 내가 혼자서 웃은 모양이었다.

"그냥."

"그냥 왜?"

"그냥 웃음이 나와서."

"왜 그냥 웃음이 나와?"

"그냥 좀 생각하다가."

"무슨 생각?"

"뭐 이런저런 생각."

"그게 뭔데?"

"몰라."

"바보!"

준호는 나하고의 이야기가 재미없는지 엄청난 질문 보따리를 안고 다시 은수에게로 갔다.

"당신, 우울해?"

남편이 물었다.

"웃고 있는 거 안보이세요?"

"내 눈엔 울고 있는 것처럼 보여."

"당신도 이제 안경을 쓰셔야겠군요. 요즘은 셋이 걸어가면 둘은 안경을 쓰고 있는 형편이라던데, 당신이 여태까지 그 나머지 한 명으로 버티셨다니 놀라운 일이에요."

나는 억지로 명랑하게 말했다. 그러자 남편도 농담으로 받아주었다.

"안 그래도 요즘은 왜 별이 보이지 않나 했어."

"달은 보이던가요?"

"당신이 온 뒤로는 달도 희미해졌지 아마? 당신을 처음 보았을 때 시력을 완전히 잃어버린 모양이야."

"그만 돌아가는 게 어때요?"

갑자기 은수가 끼어들어 남편의 기분에 훼방을 놓았다.

"돌아가자고?"

"더 이상 할 일이 없잖아요."

"할 일? 정 할 일이 없으면 사과라도 먹으면서 기다리고 있어."

남편은 노골적으로 불만을 표시했다.

"전 어린애가 아네요."

은수도 노골적으로 불만을 표시했다.

"누가 너더러 어린애라고 했어?"

"그런데 왜 제 의견은 존중해주지 않으시죠?"

"난 그런 적 없다. 존중해줄 만한 가치가 있다고 판단될 땐 언제나 존중해주었어."

"그리고 그 판단은 언제나 아버지 혼자서 내리시죠."

"명절날 너하고 입씨름하고 싶지 않다. 그것도 느이 엄마 앞에까지 와서 말이야."

다행히도 그들의 언쟁은 더 이상 진전되지 않고 거기서 끝났다. 나는 무덤 앞에 차려놓았던 음식들을 치우며 처음부터 내가 이러한 함정에 빠지게 될 줄 알았다면…… 그렇다 해도 나는 그와 결혼했을까…… 하고 생각해 보았다.

바람은 점점 세게 불어와 길 솟는 억새풀꽃들을 흔들고 희디 흰 메밀밭들을 흔들고 산 아래에 세워놓은 자동차 위에 흙먼지를 씌우고 달아났다.

"준호도 아빠한테 성묘하러 가야지?"

차가 출발하자 남편이 준호에게 말했다. 그리고는 운전을 하고 있던 은수에게 청도리로 돌아가라고 했다.

"고마워요……"

나는 남편의 배려가 너무나도 고마웠다.

준호는 앞자리에 안전벨트를 매고 앉아 있었고 남편과 나는 뒷자리에 앉아 있었다. 남편과 은수와의 언쟁으로 차 안의 분위기가 어색한 건 사실이었지만 은수가 틀어놓은 쇼팽이 아름답게 흘러나오고 있었고 며칠 동안의 피로가 한꺼번에 밀려들어 나는 모른 척 창밖만 내다보고 있었다.

어느 들판이나 모두 누렇게 익어 가을걷이를 기다리고 있었다. 어느 길가에나 코스모스가 피어 하늘거리고 있었다. 어느 마을 어느 냇물에나 눈물 같은 햇빛이 주르르 흘러들고 있었다. 청도리가 가까워짐에 따라 드문드문 감나무가 눈에 띄기 시작했다. 아직 빨갛게 익지는 않았지만 저녁노을처럼 불그레하게 물들기 시작한 감들이 가지마다 다래다래 열려 있었다.

"얼른 다녀올께요."

준호아빠의 산소 근처에서 준호를 깨우며 남편에게 내가 말했다. 준호는 차만 타면 자는 버릇이 있었다.

"아빠한테 가는 거야?"

키 큰 소나무들이 자라고 있는 비탈 아래의 좁은 길로 들어설 때쯤 준호가 그렇게 물었다. 그제서야 잠에서 완전히 깨어난 모양이었다.

"응."

"큰집에도 가?"

"아니."

"왜 안가?"

"아저씨랑 형이 기다리니까."

준호아빠의 산소는 깨끗이 벌초가 되어 있었다. 그리고 산소 근처의 시댁에서 농사를 짓던 밭에는 들깨를 가득 심어 손가락만씩한 깨숭어리들이 쑥쑥 올라와 있었다.

"두 번 해?"

"응. 두 번 해."

준호가 절을 하는 모습을 보고 있으려니 준호아빠에 관련된 생각들이 머리를 쳐들었다. 그렇게도 내 처지를 동정하여 그렇게도 모든 일을 헌신적으로 보살펴주고 예쁘다느니 이상적인 아름다움을 가졌다느니 뭐니 해가며 그렇게도 나를 애지중지했으면서 나중엔 그렇게도 나와 나의 처지를 못마땅하게 여기던 그. 지금은 세상에 존재하지도 않는 그가 한때는 나의 세계를 밝게도 어둡게도 할 수 있는 열쇠를 쥐고 있었던 것이다.

저승에서도 그는 돈 관리에 철저할까? 내 머리에 꽂은 핀이 지나친 사치라고 나무랄 수 없어 한탄하고 있는 것이나 아닐까? 지금 자기의 무덤 앞에 엎드려 있는 아들에게 자전거란 커서도 얼마든지 탈 수 있으며 어린이용 자전거는 몇 년만 지나면 아무짝에도 쓸모없는 물건이 되어버린다는 사실에 대해 다시 한번 정확하게 설명해줄 수 없음을 한탄하고 있는 것이나 아닐까? 자전거는 커서도 얼마든지 탈 수도 살 수도 있지만 어린시절은 한 번 지나가 버리고 나면 이 세상 그 어떤 가게에서도 살 수 없음을 그는 정말 모르고 있었을까? 가엾은 사람! 그는 결국 나에게 죽음의 허무 이상의 감정을 남기지 못하였다.

"형수님,"

윤영이도련님의 목소리가 바로 옆에서 들려왔다.

"혹시나 하고 아침부터 몇 번이나 나와봤어요."

"아직 입대하지 않으셨어요?"

나는 반갑기도 하고 어색하기도 해서 그저 희미하게 웃었다.

"곧 갈 거예요."

그는 준호에게 많이 컸다는 둥 전보다 훨씬 튼튼해 보인다는 둥 하며 붙잡고 귀여워했다. 그런 광경을 보자 나는 쓸데없이 눈물이 나오려고 하였으나 침을 삼키며 꾹

참았다.

“형수님을 한 번 뵌 적이 있어요.”

준호를 놓아주고 나서 그는 다시 나에게 말했다.

“그러세요? 하지만 전 모르겠는데요.”

“모르시는 게 당연하죠. 저 혼자 보았으니까요. 예술회관 입구에 숨어서 형수님이 계단을 내려오시기만 기다리고 있었어요. 준호가 무대 위로 올라가 배우에게 꽃다발을 주는 것을 보았을 땐 정말 깜짝 놀랐어요.”

“전 도련님이 그걸 보리라고는 상상도 못했어요.”

은수와 같은 대학교에 다니고 있었으니 윤영이도련님도 그 연극을 볼 수 있었던 것이다. 그런데 왜 나는 그 생각을 못 했을까.

“저도 거기서 형수님을 뵙게 되리라고는 상상도 못 했어요. 때로는 친구의 꾀임에 넘어가 도서관을 벗어날 필요가 있다는 걸 절실하게 깨달은 셈이죠.”

“그 일로 마음이 아팠다면 미안해요.”

“미안하긴요. 처음엔 물론 씁쓸한 느낌을 감출 수 없었지만 준호도 형수님도 행복해 보여서 마음이 놓였어요. 무엇보다도 형수님의 모습에는 물질적인 풍요에서 비롯되는 것 이상의 무언가가 있었거든요. 그래서 전 무척 다행스럽게 생각했어요.”

"그렇게 보였다니 다행이에요. 그리고 늦었지만, 결혼 선물 고마웠어요. 그 나뭇잎 편지……"

나는 물론 시아버님께 고맙다는 말을 꼭 전해달라고 부탁은 드렸었지만 도련님한테 따로 답장을 쓰려고 했었다. 그러나 여러모로 생각한 끝에 그러지 않는 편이 좋을 것 같아 결국 쓰지 못하고 말았다. 실은 편지지까지 골라 놓고 망설였던 것이다.

"선물은 그게 무슨…… 형의 죽음이야말로 형이 형수님께 드린 최고의 선물이라는 생각이 들었어요. 전엔 형수님 얼굴에 너무나 수심이 가득해서 내부로부터의 그 어떤 빛도 새어나올 수 없었다는 걸 그때 분명히 깨달았거든요."

"형 앞에서 그렇게 말하는 건 옳지 않아요."

"옳지 않아도 어쩔 수 없어요. 저를 진정으로 아프게 하는 건 형이 아니라 바로 형수님이니까요."

그는 소리 없이 한숨을 내쉬며 겹겹이 싸인 산들을 바라보았다. 길 아래 울창한 나무 사이에서 물소리가 더욱 크게 들려오고 멀리 있는 산에서 쑥국새 소리가 희미하게 들려오고 있었다.

제22장

광희

그 당시 나에게 있어서 은수는 생활의 전부를 의미했다. 그를 떠올리지 않고는 아무것도 생각할 수 없었으며 내 생활이란 것이 겉으로 보기에는 자질구레한 집안일들로 이루어진 것 같았으나 실은 보이지 않는 생각들로 이루어져 있었기 때문이다.

"안돼."

나는 그의 모습을 지우기 위해 설거지하던 손을 멈추고 눈을 감으며 자신에게 소리쳤다. 그러자 그의 모습은 지워지기는커녕 눈 속의 어둡고 불그스레한 공간 속에 더욱 선명하게 나타나 집요하게 내 마음을 두드렸다.

"안돼."

나는 눈을 감은 채로 싱크대 찬장에 머리를 기대며 한 번 더 자신에게 소리쳤다. 나는 그를 사랑해서도 안되었으며 그가 나를 사랑하도록 내버려 두어서도 안되었다.

나는 설거지를 마치고 고무장갑을 뒤집어 헹구어놓은 후에 싱크대 서랍 속에 넣어둔 조그만 수첩을 꺼내어 다음번 시장에 가서 사야 할 물건들의 이름을 하나하나 적었다. 김 멸치 다시마 표고버섯 엿기름 생강 잣 통계피 유자…… 그러다가 나도 모르게 '사랑해'라고 적어버렸다. 그리고는 내가 쓴 글씨에 스스로 놀라 얼른 수첩을 덮었다.

은수! 해바라기처럼 큰 키에 어스름처럼 고통으로 흐려지던 얼굴! 그가 나를 사랑하지 않았다 해도 나는 그를 사랑했을까.

밖에선 귀뚜라미 한 마리가 끊임없이 울어대고 있었고 열어놓은 창문을 통하여 따가운 햇볕과 서늘한 바람이 동시에 흘러들어오고 있었다.

나는 덮었던 수첩을 펼쳐 '사랑해'라는 글씨가 있는 부분을 찢었다. 그리고는 아주 조그맣게 접었다. 그렇게 하면 마치 내 고통도 따라서 작아지기라도 하는 것처럼. 그래서 결국 준호의 국어공책의 한 칸보다도 작아진 종이를 손바닥에 놓고 나는 그 위에 얼굴을 묻었다. 은수 은수 은수…… 나는 그의 이름을 입속에서 수없이 되뇌었을 뿐 아무런 말도 아무런 생각도 할 수 없었다.

나는 얼굴을 들고 일어나 언젠가 은수의 모습이 비쳤

던 도자기그릇 속에 종이를 집어넣고 뚜껑을 덮었다. 그러자 그 그릇이 너무나 슬퍼 보였다. 그래서 다시 꺼내어 손에 쥐고 있다가 휴지통에 버릴까 하였으나 차마 그럴 수는 없었다. 결국 나는 내가 흘린 나의 고백에 쩔쩔매며 현관문을 열고 밖으로 나왔다.

햇빛은 터무니없이 밝게 빛나며 밤새 오므라든 분꽃의 길쭉한 꽃송이들을 비추고 현관문에서 울리는 풍경소리의 여음이 어린 송아지의 울음처럼 가슴 속으로 파고들었다.

나는 햇빛을 듬뿍 받고 있는 거실 창문 밑을 서성거리다가 빈 화분 속에 세워둔 꽃삽을 꺼내 들고 정향나무 밑으로 갔다. 그곳은 은수가 자주 가는 곳이었다. 그리고나 또한 푸성귀를 다듬는다거나 공연히 서성거린다거나 하며 노상 가는 곳이었다. 아침나절이면 무늬비단 같은 그림자가 서늘하게 드리워지던 그곳! 꽃냄새 나무냄새가 천천히 내려와 그림자 속으로 기울어지던 그곳! 그곳이라면 나의 고백을 묻어두기에 적당할 것 같았다. 그리고 또한 그곳이라면 언젠가 은수가 말했던 빗방울처럼 나의 고백 또한 빗물 따라 땅속으로 스며들어 수액이 되어 올라올 것이었다. 그러면 은수가 정향나무를 바라볼 것이며 땅속 깊이 들어가 다시는 올라오지 않는다 해도 은수가 그 위를 밟고 지나다닐 것이었다.

나는 되도록 깊이 파고 묻은 후에 "사랑하지 말자. 다시는 다시는 사랑하지 말자……" 하고 중얼거리며 표가 나지 않도록 꾹꾹 밟았다. 그러자 그늘 전체가 슬퍼 보였다.

그때 초인종이 세 번 울렸다. 광희였다. 그가 좀더 일찍 왔더라면 얼마나 혼란스러웠을까, 하고 생각하며 나는 혼자서 가슴을 쓸어내렸다.

"은수, 집에 있죠?"

그는 이층을 올려다보며 나에게 물었다.

"학교에서 만나지 못했어?"

"은수는 벌써 며칠째 학교에 오지 않았어요."

광희의 대답은 나를 더욱 고통스럽게 했다.

"혹시 앓아누운 게 아닌가 하고 들렀어요."

나는 무어라 대꾸할 말이 없어 광희의 점퍼 앞자락 끝에서 달랑거리고 있던 지퍼 손잡이만 바라보고 있었다.

"너무 걱정하지 마세요. 그럴 만한 일이 있겠죠."

"그야 그렇지만……"

"걱정으로 보내기엔 너무 아름다운 아침이잖아요?"

"……"

내가 아무 말도 하지 않자 광희는 일부러 명랑한 표정

을 지으며 그 당시 우리를 지배하고 있던 생각들과는 아무런 관련도 없는 듯한 어떤 시인의 아침에 대한 표현에 완전히 정신을 빼앗긴 듯 자기 자신의 인상까지 덧붙여 가며 진지하게 설명을 늘어놓았다. 그러나 나는 그때 은수에 대한 생각으로 머릿속이 꽉 차 있었기 때문에 그가 '아침마다 물길러 가는 처녀의 노래'라든가 '눈보라의 으르렁 소리'라든가 하는 것들 뒤에 얼마나 많은 자신의 괴로움을 감추고 있었는가에 대해서는 짐작조차 하지 못하였다.

햇볕이 시시각각 따가워짐에 따라 빨갛게 얼부푼 듯한 채송화의 짧고 오동통한 줄기 끝에선 늦게 맺은 꽃들이 벌어지기 시작하고 있었고 어디선가 또 한 마리의 귀뚜라미가 내 슬픔에 가담이라도 하듯 눈물방울 같은 소리를 공중에 흘려넣고 있었다.

"언제까지 아침에 대한 얘기만 하고 있을 거야?"

그의 설명 도중에 내가 끼어들었다. 그러자 그가 기다렸다는 듯이 이렇게 대답했다.

"커피 한 잔 어떠냐고 물어주실 때까지요."

그리고는 시에 대한 설명 따위는 완전히 잊은 듯이 나를 향해 가볍게 웃었다. 나도 그를 따라 웃지 않을 수 없었다.

"커피 한 잔 어때?"

"좋아요."

나는 광희를 거실에 혼자 남겨둔 채 서둘러 부엌으로 가서 커피를 내렸다. 커피 향기가 부엌을 가득 채웠다. 은수는 학교에도 가지 않고 어디에 있는 것일까…… 어디를 방황하고 다니는 것일까……

커피 두 잔을 들고 거실에 들어가자 광희가 얼른 일어나 쟁반을 받아 조그만 색종이별들이 뿌려진 탁자 위에 올려놓았다.

"은수한테 무슨 일 있어요?"

커피가 식기를 기다리며 광희가 나에게 물었다.

"아니."

나는 제법 단호하게 대답했다.

"어디 아프세요?"

내가 커피잔을 들었다가 다시 놓으며 소파 등받이에 몸을 기대자 광희가 다급하게 물었다.

"아프긴. 조금 피로할 뿐이야."

마치 남의 목소리인 듯 멀리서 아주 조그맣게 들려오는 내 목소리가 그렇게 대답하고 있었다. 갑자기 구토증이 일며 몹시 어지러웠다. 이어 광희가 나를 소파에 눕도록 하는 걸 느꼈다. 그는 몸을 굽혀 내 머리 밑에 쿠션을 고여주는가 싶더니 뒤에 올려진 머리 때문에 편히 누울 수 없다는 사실을 알게 되었는지 핀을 찾아 빼내었다. 그리고는 풀어진 머리채를 한쪽으로 모아 내려놓았다. 나는 이 모든 동작들을 꿈속에서처럼 어렴풋이 그러나 고맙게 느끼며 나도 모르게 감고 있던 눈을 천천히 떴다. 그러자 광희가 전에 한 번도 본 적이 없는 괴로운 표정으로 바닥 가까이 흘러내린 내 머리채에 입을 맞추고 있는 모습이 보였다. 내가 보았다는 걸 광희가 알게 될까봐 나는 다시 눈을 감았다.

제23장

풍경 소리

그날 밤 은수는 새벽이 가까워서야 집에 들어왔다. 광희의 말로는 거리에서 우연히 마주쳐 내내 함께 있었다고 했지만 아무래도 그는 은수를 찾아내기 위해 오후 시간을 모두 소비한 것 같았다.

"죄송해요, 엄마."

대문을 들어서는 은수의 얼굴은 약국 위에 떠 있던 그믐달보다도 더 창백했다.

"좀 어떠세요?"

광희가 낮은 목소리로 나에게 물었다.

"괜찮아."

나는 그럭저럭 움직일 수 있을 정도로 회복되어 있었다.

"아버님은 주무시겠죠?"

"아니."

남편은 은수 때문인지 아니면 공장에 무슨 문제가 있어서인지 아니면 나로선 짐작할 수 없는 또 다른 어떤 문제가 있어서인지 밤늦게 집에 들어와서는 옷도 갈아입지 않은 채 별다른 말도 없이 거실에서 내내 서성거리고 있었다.

나는 남편과 은수가 정면으로 부딪쳐 혹시 무슨 불미스러운 일이라도 벌어지지 않을까 두려웠으나 광희가 아무렇지도 않은 듯이 현관문을 열고 들어가며 자연스럽게 말하는 소리를 듣자 조금 마음이 놓였다.

"아버님, 죄송합니다. 저 때문에 이렇게 됐습니다."

"자네하고 있었다니 다행이야."

남편은 말은 그렇게 하면서도 광희의 변명을 그다지 믿는 것 같지 않았다.

"걱정하셨죠? 하지만 은수를 좀 더 잘 아신다면 그런 걱정은 하지 않으실 겁니다."

"그럴듯한 말이네마는 은수는 아직 철부지일세."

"그렇지 않습니다."

"그래? 그럼 그렇지 않은 걸로 해두지."

"일찍 전화라도 드렸어야 했는데 사정이 좋지 않았습니다."

"어찌됐든 무사했으니 됐네."

"이해해주시니 고맙습니다."

"고맙긴 이 사람아. 고마워해야 할 사람은 바로 나일세."

"그래도 고맙습니다."

"그건 그렇고, 자네 몇 살이지?"

"은수보다 세 살 많습니다."

"그래? 삼 년 후면 우리 은수도 자네처럼 분명해질 수 있을까?"

남편과 광희는 그럭저럭 기분을 회복하는 듯하였다. 은수도 그랬으면 싶었다. 그러나 그는 그러지 않았다. 않았을뿐더러 불쾌한 듯 남편에게 이렇게 말하는 것이었다.

"저를 더 이상 철부지라고 하지 마세요. 제가 분명하건 분명하지 않건 그건 제 성격 탓이지 나이와는 상관없는 일이니까요."

"그래서 이렇게 술냄새를 풍기고 다니는 거냐? 철부지가 아니라서?"

"그건 다른 문제예요. 제 개인적인 문제라구요."

"네 개인적인 문제라고? 그게 애비한테 하는 말버릇이냐?"

광희의 만류에도 불구하고 그들은 점점 언성을 높였다.

"대체 넌 뭐가 불만이냐?"

"불만 같은 거 없어요."

"그럼 대체 왜 이러는 거야?"

"제가 뭐 어때서요?"

"뭐가 어떠냐고? 그걸 말이라고 하는 거냐? 지금 몇 신 줄이나 알아?"

"어쨌든 돌아왔잖아요."

"어쨌든 돌아왔다, 그러니까 안돌아올 수도 있었다, 그 말이냐?"

"마음대로 생각하세요."

"마음대로 생각하라고? 밤낮 이층에만 틀어박혀서 집안에 장이 끓는지 죽이 끓는지 공장이 어떻게 돌아가는지 그런 것엔 손톱만큼도 관심이 없고, 관심은커녕 얼굴조차 보기 어렵더니, 이제 와선 술타령에 마음대로 생각하라고?"

"제발 저 좀 내버려 두세요."

"내버려 둬? 상관 말라, 이거지?"

"그래요. 상관 말고 그냥 좀 내버려 두세요. 모른 척해 달란 말예요."

"모른 척해?"

"예. 모른 척해주세요. 부탁이에요."

"미경이 때문이냐?"

"미경이 얘기 좀 꺼내지 마세요. 그 애가 저하고 무슨 상관이 있다고 툭하면 미경이 미경이 하시는 거예요?"

은수는 더욱 불같이 화를 냈다.

"그럼 대체 무슨 문제야?"

"말할 수 없어요."

"말할 수 없어?"

"예. 말할 수 없어요. 절대로."

"……전엔 너희들이 어서 자라기만을 바랐었다. 에미 없이 자라는 게 딱하기도 했고 철이 들면 날 이해해주겠거니, 하는 막연한 기대도 없지 않았다. 그런데 이제와서 생각해보니 그것은 바로 너희들로부터의 분리를 의미하는 것이었어. 하긴 뭐 자연스러운 일이지."

남편이 갑자기 기세를 꺾고 쓸쓸한 빛을 보였다. 그러자 광희가 그를 위로하기에 나섰다.

"아버님, 은수도 마음속으로는 아버님을 무척 사랑하고 있습니다. 겉으로 드러내지 않을 뿐이에요."

"아니, 저 앤 달라졌네. 나한텐 말할 수 없다고 하지 않나? 얼마 전까지만 해도 가깝게 느껴졌었는데, 언제부터인지 모르게 서먹서먹해졌어. 요즘은 늘 불편해."

"부자간에 불편하다뇨. 일시적인 느낌에 불과할 겁

니다."

"나도 그러길 바라고 있네."

남편은 허탈감에 빠진 채 안락의자에 앉아 있었고 광희는 그의 기분을 회복시키기 위해 애쓰고 있었고 은수는 창문 쪽에 있는 의자에 앉아 두 손으로 이마를 받치고 있었다. 그들은 제각기 자신들의 고통과 싸우며 외부적인 평온을 유지하려고 노력하고 있었던 것이다.

벽에 기대어 서 있던 나는 그대로 있기가 힘들어 밖으로 나왔다. 그리고는 정향나무 밑으로 가서 왼팔로 나무를 껴안고 오른손으로 가슴을 누르며 깊이 숨을 내쉬었다. 나무는 아무런 흔들림도 없이 나를 굽어보고 나의 버팀목이 되어주었다. 나는 내가 사랑하는 사람이 나무라면, 하고 생각해보았다. 아무 때나 찾아가서 안고 기대고 중얼거려도 그저 묵묵히 들어줄 뿐 아무것도 요구하지 않는 나무! 그런 나무라면, 하고 생각해보았다. 아니 그보다도 내가 나무라면…… 그가 무슨 말을 하든 무슨 표정을 짓든 나는 꿈쩍도 하지 않을 텐데…… 아니 차라리 우리 둘 다 나무라면…… 그러면 우린 정말 고요할 텐데…… 나는 나무에 얼굴을 대어보았다. 차갑고 까칠하였다. 그러나 변함없는 우정과도 같은 신뢰가 피부 깊숙이 스며드는 것을 느꼈다.

귀뚜라미 소리가 아주 가까이서 들려왔다. 낮에 울던 바로 그놈일까, 하는 쓸데없는 생각이 들었다. 그리고 거실에서 그들의 말소리가 희미하게 들려왔다. 물론 무슨 말인지 알아들을 수는 없었다. 그러나 그편이 오히려 다행스러웠다. 왜냐하면 나는 그들이 정말 하고 싶은 말이 무엇인지 알고 있었으며 그 말을 하지 않기 위해 얼마나 많은 다른 말들을 만들어내고 있는지를 너무나도 잘 알고 있었기 때문이었다.

나는 준호가 잠들어 있는 이층 은수방의 창문을 올려다보았다. 커튼 사이로 희미한 불빛이 새어나오고 있었다. 은수의 말이라면 은수의 행동이라면 무엇이든 훌륭하다고 생각하던 준호. 그는 행여 요정이 은수의 옷을 가져갈까봐 이층에 널브러진 옷가지들을 옷장 안에 집어넣는 일에 엄청난 사명감과 자부심을 가지고 있었다. 그러나 어찌 알았으랴. 그가 아무리 은수의 옷가지들을 철저히 감춘다 하더라도 나 때문에 팽개쳐진 영혼의 옷까지 감출 수는 없다는 것을.

"엄마."

언제 나왔는지 은수가 내 옆으로 다가오고 있었다.

"아버지가 엄마한테 가보래요. 불편하게 해드린 점 사과드리라구요. 정말 죄송해요."

남편은 오히려 나를 걱정하고 있었던 것이다.

"괜찮아?"

"뭐가요?"

"과음한 것 같던데."

"괜찮아요. 엄마는요?"

"내가 뭘?"

"아프지 않으세요?"

"아프긴. 내 걱정은 말고 아버지한테나 상냥하게 대해 드려."

"아버지는……"

그는 말을 잇지 못하고 한숨을 내쉬었다. 그러자 술냄새가 확 풍겨왔다.

"차라리 다 말해버리고 싶어요."

"그건 안돼. 절대로."

"왜 안돼요?"

"몰라서 묻는 거야?"

"대체 왜 안된다는 거죠?"

그는 억지를 부리고 있었다. 나도 그처럼 억지를 부릴 수 있는 처지라면 얼마나 좋을까, 하는 생각이 들었다. 그러나 나에겐 그를 지켜야 하는 역할만이 주어졌을 뿐이었다.

"엄마!"

그는 내 어깨를 두 손으로 감싸쥐며 신음하듯 속삭였다.

"엄마, 전 아무것도 모르겠어요. 제가 추악한 인간이라는 것 외에는."

그리고는 절망적으로 나를 껴안았다. 그의 심장이 쿵쿵 울리고 있었다.

"아버지가 보고 계실지도 몰라."

불안한 목소리로 내가 말했다.

"차라리 그랬으면 좋겠어요. 하지만 아버진 절대로 보지 못하실 거예요. 광희형이 같이 있으니까요. 광희형이 다 알고 있어요……"

그는 광희에 대해서 너무나 잘 알고 있었다. 그러나 실은 그 절반도 모르고 있었던 것이다.

나는 꺼져버릴 것만 같은 정신을 집중시켜 은수의 팔에서 빠져나왔다. 그리고는 도망치듯 현관으로 걸어가 문을 열었다. 그러자 풍경 소리가 온 집안을 뒤흔들었다.

"풍경을 떼어버리지 않아서 고마워요."라고 은희가 말했었다. "떼어버리면 어쩌나 하고 줄곧 생각하고 있었거든요. 그래도 어쩔 수 없는 일이라고 결론을 내리고는 있었지만요."

그래서 내가 대답했었다. "내가 왜 그걸 떼어내겠어?

그건 단순한 풍경 이상의 것이라는 걸 알면서."

그랬다. 그것은 단순한 풍경 이상의 것이었다. 은희에게 말할 당시로서야 은희어머니에 관한 추억만을 염두에 두고 말한 것이었지만 시간이 지남에 따라 그 풍경은 점점 나에게까지 얽혀들어 그 변함없이 딸랑거리는 소리는 하루에도 수십 번씩 문이 여닫히는 순간마다 나에게 은수와 남편을 보호해줄 것을 끈덕지게 요구하고 있었던 것이다. 나는 좀 어지러웠다.

"아니 당신……"

남편이 나를 부축하고 있었다.

왜 이제야 그걸 깨달았을까, 라고 생각하며 "전 괜찮아요."라고 내가 말하고 있었다.

"소파에라도 얼른 누워야겠어."

아니 전부터 알고 있었는지도 몰라. 다만 내가 알고 싶어하지 않았기 때문에 모르고 있었던 것뿐일 거야, 라고 생각하며 "아니에요. 제 방으로 가겠어요."라고 내가 다시 말하고 있었다.

내 방! 그곳은 나의 피난처였고 진실한 친구였고 나만의 독립된 우주로 통하는 문이었다. 벽에 걸린 그림 속의 싸이프러스가 옆으로 넘어지고 있었다. 화장대도 화장대 한쪽에 있던 유리목동도 장식장 모서리에 걸어놓은 은수의 밀짚모자도 모두가 한꺼번에 넘어지고 있었다.

"날이 밝는대로 홍 박사를 불러야겠어."

남편의 목소리가 들려왔다.

"전 괜찮아요. 가서 쉬세요."

내 목소리가 들려왔다.

"미안해. 은수가 아직 철이 없어서 번번이 당신을 난처하게 만드는군."

"미안한 건 바로 저예요. 저만 없었더라면 아무런 문제도 없었을 텐데……"

"당신 때문이 아냐. 무슨 문제인지는 모르지만 곧 괜찮아질 거야. 걱정할 것 없어."

"미안해요……"

"그런 게 아니라니까."

"준호를 좀 데려다주세요. 광희가 은수하고 함께 자려면 아무래도 준호가 없는 편이 나을 거예요."

남편이 내 방에서 나가고 나자 부엌에서 냉장고의 윙하는 소리가 어렴풋이 들려왔다. 지금쯤 물김치가 적당히 익었을 텐데…… 그걸 냉장고 속에 넣어야 할 텐데…… 하는 생각들이 잇달아 떠올랐지만 나는 마치 중병이라도 앓는 사람처럼 어이없이 드러누워 공중으로 떠오를 것만 같은 어수선한 조류에 몸을 맡기고 있었다.

그러다가 방문을 여는 소리에 나도 모르게 눈을 떴다. 준호를 안고 들어오는 광희의 모습이 보였다. 그는 낮에 나에게 그랬듯이 조심조심 준호를 눕히고 나서 조용한 목소리로 물었다.

"하루 종일 아무것도 안 드셨죠?"

"아침에 조금 먹었어."

"그러니 자꾸 현기증이 날 밖에요."

"은수는 어때?"

"눕는 걸 보고 왔어요."

"고마워……"

"고맙긴요. 전 이만 가볼께요."

"지금?"

"곧 날이 샐 거예요."

"여기서 잠깐이라도 잠들면 좋을 텐데……"

"그만 가볼께요."

"하긴 여기서 빨리 벗어나고 싶을 거야."

"아침밥을 저에게 시킬까 봐 겁이 나서 그래요."

광희는 내 눈을 내려다보며 활짝 미소지었다. 그러나 그 미소 뒤에 무엇이 감추어져 있는지 알고 있던 나로서는 도저히 따라 웃을 수가 없었다. 오히려 울고 싶어졌다.

제24장

어떤 오빠와 어떤 누이

광희가 돌아가고 난 뒤 밑도 끝도 없이 뭘 달라고 잠꼬대하는 준호를 다독거리고 있자니 창문이 푸르스름하게 밝아왔다. 나는 아직도 약간 어지러웠지만 자리에서 일어나 옷을 주워입으며 기운을 차려서 아침일을 하려면 뭘 좀 먹어야겠다고 생각했다.

창밖엔 엷은 안개가 피어올라 꽃이 다 져버린 능소화 나무의 줄기 끝에서 아직 자고 있던 고추잠자리 몇 마리를 흠뻑 적시고 있었다. 얼마나 추울까, 하는 생각이 들자 잠자리들이 가엾게 느껴졌다.

"엄마, 다 어디로 가?"

"뭐가?"

"나비랑 잠자리 메뚜기 그런 거."

비가 내리는 날이면 준호는 매우 걱정스런 얼굴로 나에게 묻곤 했었다. 하지만 나는 아직 한 번도 속시원한 대답을 들려주지 못하였다.

“갈 만한 데가 있겠지 뭐.”

“갈 만한데 어디?”

“나뭇잎 아래라든가 뭐 그런 데.”

나는 그들이 주룩주룩 비를 맞고 있는 모습을 상상하기만 해도 몹시 슬퍼졌다. 그래서 그 애처로운 모습을 되도록 빨리 눈 속에서 지우기 위해 상상 속에서나마 그들에게 안전한 장소를 마련해주지 않으면 안 되었다. 그러나 신통한 곳이 쉽게 떠오르지 않았기 때문에 슬픔은 오랫동안 지속되곤 했다.

“무슨 나뭇잎?”

“넓은 나뭇잎이겠지.”

“우산처럼?”

“응.”

“샐 것 같은데?”

“비가 좀 새더라도 많이 젖지는 않을 거야.”

“왜?”

“비늘가루 같은 게 있으니까.”

“정말이야?”

“정말일 거야. 나도 잘은 모르지만.”

“바보!”

준호는 나를 서슴지 않고 바보라고 했다. 준호아빠도 은수도 남편도 나를 바보라고 했다. 물론 그들이 의미하는 바가 모두 같진 않았지만 바보는 역시 바보였다.

나는 대문에 달아놓은 바구니에서 방금 넣고 간 신문과 우유를 꺼내며 아주 오래전 새벽, 잠결에 내 머리맡을 스치던 조용한 움직임과 조용한 문소리와 골목길로 사라지던 외로운 발자국 소리를 기억했다. 그리고 아침 밥상 앞에 앉은 오빠의 몸에서 나던 신문 잉크 냄새……

오늘도 새벽부터 일하지 않으면 안 되는 어떤 오빠가 어떤 누이동생이 깰까봐 살금살금 집을 나와 희망을 쏘아 올리듯 높은 대문 너머로 신문을 던지고 간 것인지도 모른다. 그러나 그 어떤 오빠 어떤 아들 어떤 학생은 그 높은 대문 너머 깊숙한 바구니 안에 손을 뻗치고 있는 또 하나의 어떤 누이동생에 대해서는 상상조차 해보지 못했을지도 모른다. 그 어떤 새벽에 희망을 조소하는 그 어떤 사고로 인해 자신에게 갑작스런 죽음이 닥쳐올 수도 있다는 사실에 대해서는 상상조차 해보지 못했을지도 모른다. 자신의 죽음이 또 다른 죽음을 불러오고 그로 인해 갑작스레 고아가 될 그 어떤 누이동생이 운명과 손을 맞잡은 어두운 인생의 미궁 속으로 한 발 두 발 빠져들지 않을 수 없으리라는 사실에 대해서는 전혀 상상조차 해보지 못했을지도 모른다.

나는 오빠가 그리웠다. 오빠와 함께했던 시간들…… 그리고 그 시간 속에서의 나 자신이 또한 그리웠다. 무심코 고개를 들어보면 지그시 나를 바라보고 있던 오빠…… 그렇게 지그시 나를 바라보며 단어를 외우고 공식을 외우고 수많은 생각에 빠져들었을 오빠…… 나는 오빠의 뒤로 다가가서 그 꿋꿋해 보이던 등에 얼굴을 파묻고 울고 싶었다. 참지 말고 소리내어 울고 싶었다. 그러면 오빠는 말하겠지. 당신은 누구냐고. 내 누이동생은 당신처럼 느닷없이 공부를 방해하지 않는다고. 시간을 뛰어넘은 당신의 모습은 낯설다고. 그리고 당신이 정말 내 누이동생이라면 당신의 얼굴 위에서 너울거리는 그 애욕의 그림자는 대체 어찌된 것이냐고.

제25장

우박

"올겨울은 빨리 온다고 하더니 가을을 아주 생략할 모양이야."

어느 날 저녁 유리창을 부수어버릴 듯이 우박이 마구 쏟아지기 시작하자 안락의자에 앉아 신문을 뒤적이고 있던 남편이 그렇게 말했다.

우박은 굵은 빗줄기에 섞여 한동안 무섭게 쏟아졌는데 숙제하기에 싫증이 나 연필로 공연히 장난만 치고 있던 준호는 유리창이 깨질까 봐 눈을 찡그리면서도 갑작스런 변화에 침을 삼키며 바깥을 응시하고 있었다.

"생략부호 한 번 엄청나군요."

나는 그때 며칠 동안 비가 오락가락하여 밖에 내어 널지 못하고 그럭저럭 안에서 말린 빨래들을 개고 있었는데 남편의 말에 아무 대꾸도 않고 있기가 뭐하여 그렇게 말했다. 그리고는 갑자기 이층 창밖의 화분대에 있는 꽃나무들이 생각나 빨래들을 한쪽으로 밀어놓고 급히 일어섰다. 이번 비가 그치면 들여놓으려고 그냥 두었던 것이다.

"왜, 어디 가려고?"

남편이 물었다.

"이층에 있는 화분들을 들여놓아야 할 것 같아요."

"무거울 텐데, 은수한테 도와달라고 해."

"그럴께요."

나는 그렇게 대답하지 않을 수 없었다.

화분은 원래 있던 몇 개와 이래저래 선물로 들어온 것들이 좀 있었는데 대부분 이층 마루 끝에 있는 창문 밖에 있었기 때문에 거길 가려면 은수의 방문 앞을 지나가야만 했다. 나는 그가 무얼 하고 있는지 볼 수 있도록 방문이 열려 있기를 기대하면서도 그와 마주치는 일이 없기를 또한 진심으로 바라며 계단을 하나하나 올라갔다. 세상은 온통 우박과 우박 떨어지는 소리로 가득했다. 그래서 나의 납작한 실내화 바닥이 나무계단에 닿는 소리라든가 나의 왼손이 난간을 스치는 소리라든가 먹구름처럼 거무스름한 스웨터 밑에서 나의 가슴이 쿵쿵 울리는 소리라든가 하는 것들은 다행히도 공중으로 떠오르지 않고 잦아들었다.

은수의 방문은 열려 있지 않았다. 나는 안도의 숨을 내쉬며 얼른 방문 앞을 지나쳐 마루 끝으로 갔다. 창밖에선 크고 작은 꽃나무들이 갑작스런 재난에 어리둥절하여 오도 가도 못 하고 부들부들 떨고 있었다. 나는 그들을 제대로 돌봐주지 못한 자신을 책망하며 천천히 창문을 열었다. 급한 대로 하자면야 왈칵 열어젖히고 싶었으나 은수에게 들킬까봐 천천히 조심스럽게 열었던 것이다. 그러자 창문은 참을 수 없다는 듯이 함부로 여닫을 땐 내지 않던 금속성의 날카로운 끼익 소리를 내며 나를 조마조마하게 만들었다.

우박은 계속 쏟아지고 있었다. 나는 우선 크기가 작은 제라늄과 카네이션부터 마루 한쪽 구석에 있는 화분 받침대 위에 들여놓았다. 토기화분이라서인지 생각보다 더 무거웠다. 화분 속에 희끗희끗 미처 녹지 않은 우박 알갱이들이 보였다. 녹기 전에 집어내주어야 할 텐데, 하고 생각은 하면서도 손이 비지 않아 우선은 그대로 두었다. 창문으론 우박이 섞인 비바람이 사정없이 들이치고 나는 옥잠화 아마릴리스 등 여름 동안 예쁜 꽃을 피워준 꽃나무들을 들여놓느라 얼굴이며 옷 머리 할 것 없이 흠빽 젖어버리는 줄도 몰랐다. 한참을 그러고 있는데 등 뒤에서 방문이 열리고 은수가 나에게 걸어오는 기척이 느껴졌다.

"이런 일은 저를 시키지 않으시구요."

은수는 내가 집어들려던 크로커스를 들여놓으며 말

했다. 그의 얼굴과 머리와 어깨 위로 빗방울이 마구 쏟아졌다.

"내가 할께. 난 이미 다 젖었잖아."

"저도 이미 다 젖었는걸요."

나는 그가 나머지 화분들을 들여놓는 동안 제라늄과 카네이션 화분 속에 있던 우박 알갱이들을 집어내려 했으나 벌써 녹아버리고 없었다. 그래서 "발이 시릴 거야."라고 말했더니 은수는 자기한테 하는 말인 줄 알고 "시리긴요."라고 했다. 그래서 내가 웃으며 "누가 은수 발이 시리다고 했어? 우박이 녹아서 꽃나무 뿌리가 시릴 거라고 했지."라고 말하자 그도 따라 웃었다.

우리는 참으로 오랜만에 함께 웃었다. 같이 살게 된 처음 무렵엔 사소한 일을 가지고도 열 살배기 아이들처럼 자주 웃었으나 우리가 서로에게 어떤 의미인지 알게 되면서부터 차츰 웃을 수 없게 되어버렸던 것이다. 웃기는커녕 서로 마주치는 것조차 두려워 제각기 자신 속에 파고든 채 숨을 죽여왔던 것이다. 그러나 두려움이 강하면 강할수록 그 아래 억눌려 있던 감정은 밖으로 뛰쳐나오려고 더욱더 발버둥쳤다.

"눈으로 변할까요?"

화분들을 다 들여놓고 나서 자루걸레로 더럽혀진 마루

를 닦으며 은수가 말했다.

"벌써 약해졌는걸, 뭐"

우박은 이제 기세가 꺾이어 세차게 쏟아지는 빗줄기 사이로 한 두 점씩 희끗하게 보일 뿐이었다.

"언제쯤 첫눈이 올지 모르겠어요. 빨리 오면 좋겠는데."

"빨리 오면 뭐하려고?"

"엄마랑 같이 보려구요."

"난 또! 늦게 와도 같이 보면 되지."

나도 그와 함께 빨리 보고 싶었다. 그와 함께 보고 웃고 말하고 싶었다. 그러나 나는 화분들의 위치를 바로잡으며 겨우 이렇게 말했을 뿐이었다.

"내년 봄엔 모두 마당에 내다 심어야겠어. 자유롭게 살 수 있도록 말이야."

"엄마와 함께 첫눈을 본다는 생각만으로도 황홀해져요."

"화분 속의 행복이 얼마나 불완전한 것이었는지 알게 된다면 정말 놀랄 거야."

"함박눈으로 펑펑 쏟아졌으면 좋겠어요. 시시하게 오는 건 첫눈으로 치지 않을 거예요."

우리는 서로 같은 생각을 하고 있었음에도 불구하고

각기 다른 생각에 골몰해 있는 사람들처럼 각기 다른 이야기를 늘어놓았다.

유리창엔 어렴풋이 김이 오르고 빗소리가 온 세상을 뒤덮고 있었다.

"엄마."

내가 그만 내려가려고 하자 은수가 다급하게 속삭였다.

"알고 계시죠?"

"뭘?"

나는 알 수 있을 것 같았다. 그가 무슨 말을 하고 싶어 하는지 그리고 무슨 말을 듣고 싶어 하는지. 그러나 나는 모르는 척 그렇게 되물을 수밖에 없었다.

"제가 엄마를 얼마나……"

"난 내려가야 해. 저녁 지을 시간이야."

나는 간신히 말을 막았으나 은수의 손이 이미 내 머리를 감싸고 있었다.

"다 젖었군요. 감기 드시겠어요."

그는 내 머리를 가슴에 안고 이마에 입을 맞추었다. 그리고는 입속말로 "엄마……" 하고 한 번 불렀을 뿐 아무 말도 하지 못하였다.

제26장

첫눈

첫눈이 내린 것은 그로부터 한참 후의 일이었다. 나는 일상적인 피로와 불안과 가책 등을 안고 내 방 소파에 반쯤 누워 있었는데 마당에서 뭔가를 하고 있던 준호가 뛰어들어오며 소리쳤다.

"엄마, 눈 와 눈!"

"그래?"

"빨리 와봐."

나는 몸을 일으켜 창밖을 내다보았다. 정말 눈이 오고 있었다. 첫눈이야 별다른 이유 없이도 가슴이 설레이게 마련이지마는 그해의 첫눈은 은수로 인하여 더욱 아름답고 서글프게 보였다.

"엄마, 보고 계세요?"

은수가 이층 창문을 열고 소리치고 있었다.

"형이 물어보잖아."

내가 얼른 대답하지 않자 준호가 다그쳤다.

"보고 계시죠?"

은수가 다시 소리쳤다. 그래서 나는 대답 대신 창문을 열고 눈송이를 받으려는 것처럼 창밖으로 손을 내밀었다.

눈송이는 나비보다도 자유롭고 먼지보다도 가볍게 흩날리며 차가운 공기 속을 떠돌았다.

"엄마, 지금 무슨 생각하세요?"

"별 생각 안 해."

"어디 갈까요?"

"아니. 난 그냥 이렇게 보고 있는 게 좋아."

나는 감상적으로 말하지 않으려고 되도록 간단히 대꾸해주었다.

"엄마랑 돌아다니고 싶어요."

"……"

바람이 점점 불어와 잎이 다 떨어진 능소화나무의 덩굴 위에 앉으려는 눈송이들을 번번이 날려버리고 창문을 조금씩 흔들기 시작했다.

나는 그만 창문을 닫고 잠시 소파에 앉아 되는대로 생각에 잠겨 있었다. 은수는 아직도 그대로 있는 듯하였고 다섯 번인지 여섯 번인지 거실의 큰 시계가 종을 울리는 소리가 들려오고 준호가 새로 산 롤러스케이트를 타고 실내를 돌아다니며 텔레비전에서 흘러나오는 만화영화의 주제가를 따라부르는 소리가 들려왔다. 나는 그대로 좀 더 있고 싶었지만 부엌으로 가서 눈 오는 모습이 잘 보이도록 커튼을 활짝 열어놓았다. 저녁 지을 시간이었던 것이다.

"엄마, 나 잘 타지?"

그럭저럭 부엌일을 하고 있는데 준호가 롤러스케이트를 타고 부엌문 앞을 지나가다가 나에게 물었다. 아직 익숙하지 않아 금방이라도 넘어질 듯한 불안한 자세였으나 나는 물론 잘 탄다고 격려해주었다.

눈발은 점점 더 굵어지는 것 같았다.

"엄마, 뭐하시는 거예요?"

이번엔 은수가 부엌으로 들어오며 물었다.

"뭐하긴, 저녁밥 하지."

"이런 날 밥이라니, 정말 안 어울려요."

그는 눈 때문인지 꽤 흥분해 있었다.

"이런 날이라고 해서 안 먹고 살 수 있어?"

"아무리 그래도 첫눈이 이렇게 오는데……"

"양파 껍질 좀 벗겨줄 거야?"

나는 그가 이야기를 힘겨운 분위기로 몰고 갈까 봐 일부러 그런 부탁을 했다. 그리고 첫눈 같은 것엔 아무런 관심도 없는 듯 몹시 바쁜 척하며 움직이고 있었다.

"엄마, 눈 좀 보세요. 꼭 카드 그림 같아요."

식탁의자에 앉아 양파 껍질을 벗기고 있던 그가 그렇게 말하고 있었다. 나는 싱크대에서 뭔가를 하고 있었기 때문에 그를 볼 수는 없었으나 그가 나를 쳐다보고 있다는 것을 느낄 수 있었다. 그것만으로도 제대로 일을 할 수가 없었다.

"우리 이따 나갈까요?"

은수는 금세 껍질을 다 벗긴 양파 몇 개를 싱크대로 가져와 씻으며 아까 했던 질문을 되풀이했다.

그와 함께 나가서 눈 속을 걷는다는 것. 그것은 생각만 해도 가슴 벅찬 일이었다. 그저 웃고 말하고 눈을 밟고…… 우리 앞에서 흩날리며 스쳐갈 수많은 눈송이들…… 우리의 옷자락에 묻어 우리에게 스며들 수많은 눈송이들……

"난 그냥 집에서 보는 게 좋아."

우리의 입김 속에 잠시 나타났다 사라져갈 뿌연 공간들…… 우리의 뒤에 남아 눈 속에 묻혀 영원에 귀속될 우리의 발자국들……

"그래도 이따 잠깐 나가요."

은수는 내 옆에 서서 거의 애원하듯 말하고 있었다. 하지만 내가 아무 대답도 않고 하던 일만 계속하고 있자 고무장갑 낀 나의 두 손을 꽉 잡으며 역시 애원하듯 이렇게 말하는 것이었다.

"창밖을 좀 보세요. 나머지 일은 제가 할께요."

순간 나는 나도 모르게 그를 쳐다보았다. 잊을 수 없는 그의 얼굴…… 사랑도 그 무엇도 제대로 감추지 못하던 그의 얼굴이 가까이서 고통스럽게 나를 보고 있었다.

"엄마."

내가 얼른 시선을 떨어뜨리자 은수가 다급하게 속삭였다. 나는 그의 시선을 피할 수가 없어 숨이 막힐 것 같았으나 그때 마침 초인종이 울려 그에게서 간신히 벗어날 수 있었다.

나는 순간적으로 싱크대에서 돌아서며 "아버지일 거야."라고 말했다. 그리고는 내 뒤에서 "아버지 아버지 아버지……"라고 연거푸 소리치는 그를 남겨둔 채 밖으로 나왔다.

남편은 뜻밖에도 꽃가게의 안개꽃을 모조리 사온 듯한 커다란 안개꽃다발을 나에게 안겨주었다. 나는 머릿속이 혼란스러워 아무 말도 하고 싶지 않았으나 남편에 대한 고마움에 애써 즐거운 척하지 않을 수 없었다.

"고마워요. 그런데 웬 꽃이에요?"

"별 뜻은 없어."

남편은 사랑을 고백하는 소년처럼 매우 쑥스러워했다. 그러한 그의 모습을 대하자 나 자신이 더욱 추악하게 느껴졌다.

"별 뜻도 없으면서 이렇게 많은 꽃을 사오셨단 말예요?"

"그럼 뜻을 하나 만들지 뭐."

"불우이웃돕기 꽃장수라도 만나신 모양이죠?"

"아무래도 수상쩍단 말이지?"

"당연하죠. 과일이라면 모를까, 꽃을 어떻게 그냥 넘기겠어요? 더구나 이렇게 많은 꽃을요."

"그건 그래. 내 나이쯤 되면 꽃이란 건 잊어버리는 게 오히려 자연스러울 테니까 말이야."

"제 말은 그런 뜻이 아네요. 은수 연극하던 날도 당신이 챙기셨잖아요. 저는 단지 당신한테서 꽃을 받아본 적이 없기 때문에 궁금한 것뿐이에요."

나는 그의 기분이 상할까 봐 그러저러하다고 설명을 해야 했다. 그러자 그가 사실대로 말해주었다.

"실은 광희의 아이디어야. 은수 문제로 그 애와 통화했었거든. 얘기 끝에 내가 오늘은 첫눈도 오고 해서 당신에게 뭘 사주고 싶은데 뭐가 좋을지 모르겠다고 했더니 꽃다발을 직접 사들고 왔지 뭐야. 당신한테는 비밀로 하라고 하더군. 그래 그러마고 해놓고서 이렇게 약속을 어기고 있으니…… 광희는 참 생각이 깊은 아이야."

나는 수천의 눈송이와도 같은 안개꽃다발을 안고서 무어라 이름지을 수 없는 슬픔에 사로잡혔다.

"그건 그렇고, 이달 말쯤 해서 한 사흘 집을 비우게 될 것 같아."

"……"

"걱정할 것 없어. 은수가 있는데 뭐. 그동안 좀 쉬도록 해."

제27장

꿈

남편이 출발하기 전전날부터 날씨는 혹독하게 추워졌다. 신문과 방송에선 이십 년 만의 한파라느니 최근 몇 년간 계속되었던 이상난동기후에 대한 대가라느니 뭐니 하며 떠들어대고 있었다.

"엄마, 아저씨 언제 와?"

남편이 출발하던 날 종업식을 마치고 학교에서 돌아온 준호가 그 당시 유행하고 있던 감기로 기침을 하며 나에게 물었다.

"세 밤 자고."

"세 밤이나?"

"왜, 세 밤이면 어때서?"

"방학하면 어디 가기로 했는데……"

"다음에 가지 뭐. 감기 다 나으면."

"그래도……"

준호는 계속 콜록거리면서도 그날 당장 어딘가 신나는 곳을 향해 떠나지 못함을 애석해하고 있었다. 남편과 언제 약속이 된 모양이었다.

은수는 집에 아버지가 안 계시게 되자 처음으로 휴가를 얻은 군인처럼 즐거워하며 아래층에서 거의 모든 시간을 보냈다. 준호의 방학책을 뒤적거리며 큰 소리로 읽는가 하면 약국에 가서 감기약을 사오고 커피를 내린다 설거지를 한다…… 하는 등등의 온갖 친절한 행동으로 집안 분위기를 더없이 따뜻하고 평화롭게 만들었다. 그러나 그 모든 행동들은 나를 숨막히게 했다.

"아버지가 안 계신 동안엔 내가 데리고 잘께."

거실에서 놀다 잠이 든 준호를 안으려 하며 내가 말했다. 그러자 은수가 얼른 안고 일어서며 "그러세요."라고 했다. 준호는 잠결에 기침을 하며 은수의 목에 매달렸다.

"제가 두려우세요?"

준호를 침대에 눕히고 나서 은수가 나에게 물었다. 나는 가슴이 두근거려 아무런 대답도 할 수가 없었다. 은수는 다시 한번 똑같은 질문을 했다.

"제가 두려우세요?"

나는 고개를 저었다. 내가 진정으로 두려워하는 것은 그가 아니라 바로 나 자신이었기 때문에. 그러자 은수는 조명을 희미하게 해놓고 나서 방문을 열었다.

"우리가 계속 중얼거린다면 준호가 깊이 잠들지 못할 거예요."

우리는 다시 거실로 나왔다.

"엄마, 저는 이 순간을 오랫동안 기다려왔어요. 얼마나 애타게 기다렸던지 영원히 오지 않을지도 모른다는 생각에 사로잡히곤 했었지요."

은수는 내가 앉아 있던 곳에서 가장 먼 창문 쪽으로 가 밖을 내다보며 침착하게 말하려고 애쓰고 있었다. 그러나 목소리가 얼마나 떨리던지 심장이 뛰는 소리까지 함께 들리는 듯하였다.

밖에선 바람이 거세게 휘몰아치고 있었다.

"사랑해요."

은수가 창문에서 돌아서며 그렇게 말했다. 그리고는 천천히 나에게로 다가왔다. 그의 핼쓱한 얼굴, 떨리는 눈빛, 그리고 굵은 실로 짜여진 청회색 스웨터가 한 데 뒤엉켜 점점 확대되고 있었다. 그러더니 시야를 완전히 가려버리고 타는 듯한 그의 숨결만이 느껴졌다.

"엄마도 절 사랑하시죠?"

그는 언젠가 부엌에서 그랬듯이 내 얼굴을 두 손으로 감싸면서 애정어린 목소리로 물었다. 나는 그렇다고도 아니라고도 말할 수가 없어 눈을 감고 입술을 깨물었다. 그러자 그가 조심스럽게 입을 맞추며 띄엄띄엄 속삭이는 것이었다.

"죄송해요…… 전 늘 엄마를 괴롭히기만 하는군요."

나는 고개를 저었다. 내가 괴로운 것은 그가 나를 사랑해서가 아니라 내가 그를 사랑해서였기 때문에.

"가서 주무세요."

은수는 일부러 나를 보지 않으려는 듯 다른 곳을 응시하며 그렇게 말했다. 나는 무슨 말이든 하고 싶었으나 결국 아무말도 못하고 내 방으로 돌아왔다.

잠든 준호의 얼굴도 낯익은 물건들도 천정도 모두 희미한 불빛을 받아 불그스레하게 물들어 있었고 바람은 끊임없이 창틈에서 울부짖고 있었다.

그는 지금 무얼 하고 있을까? 무슨 생각을 하고 있을까? 울고 있는 것이나 아닐까? 이도 저도 아닌 내 행동에 화가 나 있지나 않을까? 차라리 그가 화를 냈으면…… 왜 그렇게 솔직하지 못하냐고 화를 내며 저절로 나에게서 멀어졌으면…… 저절로 나에게서 멀어졌으면…… 그러나 그가 나에게서 멀어진다는 것은, 나에게서 정말 멀어져버린다는 것은 상상도 할 수 없는 일이었다. 그것은 죽음보다도 삶보다도 무서운 일이며 병보다도 치명적인 일이었다. 그러나 그보다도 더 무섭고 치명적인 일은 그와 내가 결국 욕망에 굴복하는 일이었다.

나는 그러한 우리의 모습을 상상하고 있는 자신을 발견하고 몸서리를 쳤다. 그래서는 안 되었다. 그래서는 절대로 안 되었다. 그에게도 나에게도 그것은 파멸 이상의 아무것도 아니었다. 그러나 아무리 그렇다 할지라도, 아무리 파멸로 치닫는 결과가 된다 할지라도 욕망을 완전히 누를 수는 없었다.

단지 바람소리였을까?

천천히 다가오는 발소리가 들려왔다.

발소리는 조금씩 조금씩 가까워지더니 내 방문 앞에 와서 조용히 멈추었다.

그리고는 문의 손잡이를 잡는 듯한 기척이 느껴졌다.

나는 나도 모르게 일어나 앉아 귀를 기울였다.

그러나 더는 아무 소리도 들리지 않았다.

창밖에서 울고 있는 바람소리뿐.

잘못 들었는지도 몰라.

내가 잘못 들었는지도 몰라.

나는 다시 자리에 누우려 했다.

그러나 바로 그 순간 문밖에서 서성이는 듯한 발소리가 분명하게 들려왔다.

나는 얼른 문을 열고 나가 그에게 말하고 싶었다.

사랑한다고.

너무나 사랑해서 어떻게 사랑해야 할지를 모르겠다고.

그러나 실지로 내가 했던 일은 보이지 않는 그의 움직임에 온 마음을 쏟고 있었던 게 전부였다.

하지만 은수가 문밖에서 다시 한번 손잡이를 잡았다고 느끼는 순간 모든 이론 모든 의지가 순식간에 사라지고 그에 대한 그리움만이 물밀듯이 밀려오는 것이었다.

은수가 문을 열고 나에게 손을 내밀었다면……

다시 한번 나에게 입맞추며 사랑한다고 속삭였다면……

그러나 다행히도 그는 손잡이를 놓고 내 방문을 떠나갔다.

그의 발소리가 이층으로 완전히 사라져버리자 나는 극심한 허탈과 실망과 안도와 어지러움을 동시에 느끼며 쓰러지듯 자리에 다시 누웠다.

또다시 불그스레한 천정이 보였다.

바람소리가 점점 약해지고 있었다.

준호는 기침도 잊은 채 잠에 빠져 있었고 나는 온몸이 눈꺼풀 밑으로 가라앉는 것을 느꼈다. 그때 누군가가 창문을 두드리는 소리가 들렸다. 그 소리가 얼마나 크고 요란하던지 온 집안을 모조리 부숴버릴 것만 같았다. 나는 얼른 일어나서 창문을 열었다. 그러자 창문에 매달려 있던 은수가 하얗게 쌓인 눈 속으로 나무토막처럼 툭 떨어졌다. 그리고는 움직이지 않았다. 은수의 주위에 눈가루가 물보라처럼 뿌옇게 일었다. 그리고 그 눈가루들이 모두 무서운 소음이 되어 나의 가슴과 팔과 다리를 짓누르고 머릿속을 가득 채워 내 몸을 마치 납덩이처럼 무겁게 만들었다. 나는 그 소음이 무서웠다. 마치 수천수만 명의 웃음소리 같았다. 마치 수천수만 명의 울음소리 같았다. 제발 누가 나를 좀 깨워주었으면, 하고 바랐다. 소리를 지르려 해도 귀를 막으려 해도 눈을 뜨려 해도 손끝 하나 까딱할 수가 없었다. 무엇이든 하나만 움직이면 될 텐데…… 그러면 이 무시무시한 소음에서 벗어날 수 있을 텐데…… 나는 그 지독한 공포로부터 벗어나기 위해 필사적으로 몸부림쳤다. 그러나 내가 그 꿈과 현실 사이의 무서운 공간으로부터 탈출할 수 있었던 것은 나 자신의 헛된 몸부림에 의해서가 아니라 옆에서 자고 있던 준호가 잠결에 나를 건드렸기 때문이었다.

나는 침대에서 일어나 창밖을 내다보았다. 어두컴컴한 고요가 사방을 뒤덮고 있었다. 나는 두려움에 떨며 조금 전 은수가 떨어졌던 자리를 유심히 살펴보았다. 다행히도 그곳엔 아무런 불길한 흔적도 보이지 않았다. 꿈이었던 것이다. 나는 안도의 숨을 내쉬며 생각했다. 내가 여기 있는 한 은수가 나로 인해 정말 죽을 수도 있다고.

제28장

약속

나는 밤이 두려웠다. 두렵고 불안하고 긴장이 되었다. 그러나 결코 피할 수는 없었다.

"만일 아버지가 며칠 늦게 돌아오신다면……"

둘째 날 밤 은수가 난데없이 그렇게 말했다.

창밖에선 초저녁부터 내리기 시작한 눈이 그치지 않고 펑펑 쏟아지고 있었고 찻잔에선 뜨거운 김이 오르고 있었다.

"아버지는 제날짜에 돌아오실 거야."

"그래도 며칠 늦게 돌아오신다면요?"

나는 아무런 대답도 하지 않았다. 대답을 바라고 던진 질문이 아니라는 걸 알고 있었기 때문에.

그때 전화벨이 울렸다. 남편이었다. 그는 우리 모두 잘 있는지 궁금해했다.

"그럼요. 다 잘 있어요."

"준호는?"

"잠들었어요."

"은수는?"

"옆에 있어요. 바꿔드릴까요?"

"아니, 그럴 필요 없어. 알아서 잘하겠지 뭐."

그는 최근의 불화 때문인지 은수와의 통화가 은근히 부담스러운 눈치였다.

"당신, 뭐 갖고 싶은 거 있어? 뭐든 선물로 사가지고 갈께."

"없어요. 당신이 무사히 돌아오시는 게 저에겐 가장 큰 선물이에요."

나는 변함없이 다정한 남편의 목소리를 듣자 극심한 가책에 목이 메었다.

"이런 바보같이…… 조금만 기다리고 있어. 일이 끝나는 대로 금방 달려갈 테니까."

남편과 통화를 마치고 나서 은수와 나는 한동안 아무 말 없이 앉아 있었다. 그러다가 내가 그만 내 방으로 가려고 일어서자 은수가 나를 붙잡았다. 그리고는 나를 다시 소파에 앉히더니 자기도 내 옆에 앉았다.

"엄마, 저를 좀 똑바로 쳐다보세요."

"……"

"엄마 눈 속에 들어 있는 제 모습을 보고 싶어요."

그는 내 시선을 붙잡으려고 애쓰고 있었다.

"제 눈을 피하지 말고 들여다보세요. 잠시라도 말예요."

"자꾸 어려운 주문을 하면 난 가서 잘 거야."

"절대로 가지 못하실 거예요. 이건 조금도 어려운 주문이 아니니까요."

그는 벌써 두 손으로 내 얼굴을 감싸고 있었다.

"제 눈을 들여다보세요."

나는 그의 말대로 하지 않을 수 없었다. 그의 눈동자 속에 내가 들어 있었다.

"이제 감으세요."

내가 눈을 감자 그는 나의 두 눈에 차례로 입을 맞추고는 이렇게 말하였다.

"엄마는 영원히 저를 떠날 수 없어요. 엄마 눈 속에 저를 가두었으니까요."

그리고는 나를 껴안고 가만히 있었다. 그의 심장이 내 혈관 속으로 흘러들었다. 그것은 믿기 어려울 정도로 나른하고도 황홀한 느낌이었다. 너무도 나른하고 황홀하여 눈을 감은 채로 나도 따라 말하고 싶었다. "은수도 나를 떠날 수 없어. 난 은수 눈 속에 갇혔으니까."라고. 그러나 바로 다음 순간 그렇게 생각하고 있는 자신의 모습에 스스로 놀라며 어젯밤 꿈속에서의 일들이 불현듯 되살아나

무섭고도 불안한 느낌을 떨쳐버릴 수가 없었다.

"난 그만……"

내가 그만 내 방으로 가야겠다고 말하려 하자 은수가 입맞춤으로 말을 막았다. 그리고는 또다시 같은 질문을 속삭였다.

"제가 두려우세요?"

나는 더 이상 숨길 수가 없었다. 아니 그보다도 나는 그가 살아 있다는 사실에 감사하며 솔직하게 대답하였다.

"두려운 건 바로 나 자신이야."

나도 모르게 내 입에서 한숨이 새어나왔다.

"엄마, 우린 더 이상 가까워질 수 없는 걸까요?"

"우린 이미 지나치게 가까워졌어. 아버지는……"

"아버지 아버지 아버지……"

그는 갑자기 내 말을 가로막으며 미친 듯이 소리쳤다.

"그래요. 아버지는 평생토록 엄마를 모두 차지하겠죠. 그리고 저는 결코 가질 수 없겠죠. 제가 원하는 것이 단 한 순간뿐이라고 해도 말예요."

그는 내 어깨에 얼굴을 묻고 흐느꼈다.

나는 그의 갑작스런 흥분에 어찌해야 좋을지 몰라 뭔가 그를 진정시킬 만한 말을 찾아내려고 노력했다.

"우린 늘 가까이……"

"가까이 있죠. 너무 가까이 있어서 날이면 날마다 엄마는 아래층에서 울고 저는 이층에서 울고 있는 거죠."

그는 내 말이 채 시작되기도 전에 절망적인 목소리로 가로막았다.

"엄마가 엄마방에서 주무시지 않는다는 걸 뻔히 알면서도 창문을 타고 내려간 적이 한두 번이 아녜요. 물론 엄마를 볼 수 없었죠. 보리라는 기대도 하지 않았어요. 단지 엄마를 느끼고 싶었을 뿐이니까요. 하지만 엄마가 혹시 무슨 사소한 볼일이 생겨 방에 들어오실지도 모른다는 생각을 완전히 떨쳐버릴 수는 없었어요. 아버지가 밤늦게 들어오시는 날이면, 물론 그런 날이 많지는 않았지만, 저는 너무 좋아서 잠도 오지 않았어요. 늦도록 엄마가 혼자 계신다는 걸 알고 있었으니까요. 바로 제 방 아래서 말예요. 그런 밤이면 엄마는 소파에 옆으로 누우셔서 책을 읽곤 하셨는데, 한 번은 책을 편 채로 가슴에 안으시더니 눈을 감으시는 것이었어요. 〈두이노의 비가〉[9]라는 시집이었죠. 머리맡에 켜놓은 스탠드 불빛에 표지에 씌여진 제목이 어렴풋이 보였어요. 그 순간 제가 그 시집이 될 수 있었다면 무엇이라도 지불했을 거예요. 시집이 아니라도 좋았어요. 시 한 편, 아니 시 속의 글자 하나, 쉼표나 마침표 하나라도 될 수 있었다면 기꺼이 제 영혼을 지

불행을 거예요.”

“어떻게 그런 말을……”

나는 그가 잠시 말을 중단한 틈을 타 얼른 그렇게 끼어들었다. 그리고는 그가 자신의 감정을 수습할 수 있는 시간을 갖도록 하기 위해 뭔가 도움이 될만한 말을 계속 해야만 했다. 하지만 말이 쉽게 이어지지 않았다.

“영혼을 함부로 말해선 안 돼. ……영혼 없이 우리가 어떻게 살아갈 수 있겠어? ……물론 영혼이란 너무도 자유로운 것이기 때문에 언제 어디로 훌쩍 날아가버릴지 알 수 없는 일이지. ……그러니까 더욱더 소중하게 돌봐야 해. 우리를 버리고 달아나버리지 않도록 말이야. 한 번 달아난 영혼은 쉽게 돌아올 수 없어. 길을 잃게 마련이지. 우리의 영혼이 떠돌이가 되었다고 생각해봐. 가엾지 않아? ……우리의 영혼은 우리의 책임이야. 영혼이 우리를 지켜주듯이 우리 역시 영혼을 지켜주어야만 해. 그러기 위해선 우리 자신의 우주 안에 보이지 않는 궤도를 그어놓아야만 하는 거야. 그리고 영혼이 그 궤도를 벗어나지 않도록 우린 항상 중력과도 같은 힘으로 끌어주어야만 해. ……그 힘은 아마 인내력인지도 몰라.”

그것은 나 자신에게도 들려주어야 할 말들이었으므로 나는 한 마디 한 마디 생각해가며 천천히 진지하게 말하려고 노력했다. 그러나 은수는 내 말을 듣고 있지 않았다.

"엄마, 지금 여기엔 우리 둘뿐이에요. 우린 서로 사랑하고 있구요. 영혼도 우리를 이해해줄 거예요."

"그렇지 않아."

나는 되도록 침착하게 말하려 했으나 나도 모르게 목소리가 떨고 있었다.

"그럴 거예요. 아니 그렇지 않다고 해도 상관없어요. 영혼의 이해 없이도 얼마든지 사랑할 수 있으니까요."

"그럴 수 없어."

"엄마를 갖고 싶어요. 지금."

그는 내가 말을 마치기가 무섭게 숨가쁘게 속삭였다.

"그럴 수 없어."

나는 같은 말을 되풀이하지 않을 수 없었다.

"엄마……"

그는 애원하듯 천천히 나를 불렀다.

창밖에선 계속 눈이 내리고 있었고 바깥쪽 창틀 위에 하얗게 눈이 쌓이고 있었다.

우주가 무너져내리는 순간이었다.

감당하기 어려운 순간이었다.

나의 영혼이 부들부들 떨고 있었다.

눈 깜빡할 순간이면 우주의 고아가 될 나의 영혼이 내

발목을 끌어안고 외치고 있었다.

그 소리는 거센 욕망의 속삭임을 뚫고 가까스로 내 귀에 들려왔다.

그리고 그 소리는 마치 번개처럼 나에게 나의 존재의 무게를 한순간에 깨닫게 했다.

나는 나 자신과 은수를 구하기 위해 뒤로 물러서야만 했다.

그것도 아주 조용히, 물러선다는 사실을 은수가 눈치채지 못하도록 느릿느릿 부드럽게 물러서야만 했다.

"지금은 안돼."

"그럼 언제죠?"

그는 다급하게 속삭였다.

"내일."

나는 등에서 식은땀이 흘러내리는 것을 느낄 수 있었다.

"약속해주시겠어요?"

나는 그를 안심시키기 위해 대답 대신 이마에 입을 맞추어주었다. 그것은 내가 자진해서 그에게 했던 단 한 번의 입맞춤이었으며 처음 느껴본 사랑에 찍은 인내와 도피의 봉인이었다.

제29장

가솔린 무지개

은수를 거실에 남겨둔 채 내 방으로 돌아온 나는 그에 대한 연민과 내 인생을 거머쥔 운명 앞에서 무서운 현기증을 느꼈다.

처음 이곳에 왔을 때는 얼마나 좋았던가!

어떻게 살아야 할 것인가에 대해서 더 이상 걱정할 필요가 없었으며 내가 가계에 직접적인 보탬이 되지 못한다는 사실로 더 이상 주눅이 들 필요 또한 없었다. 그것만으로도 행복했다.

준호도 새 생활에 잘 적응해주었고 모든 것이 너무나도 풍성하고 아름다웠다.

크고 반듯한 창문, 창문으로 보이던 마당, 마당에 쏟아져내리던 햇빛, 햇빛에 반짝이며 사운대던 빨래들…… 햇빛에 반짝이며 사운대던 나뭇잎들……

아침나절 마당에 나가 빨래를 널고 있노라면 그들이

정말 내 것인지 내가 가져도 되는 것인지 너무나도 소중하고 조심스러워 그저 한참씩 손을 놓고 우두커니 서서 바라보곤 했다. 바라보기에도 아까웠다. 그래서 행여 그들이 놀라 달아나버릴까 봐 설거지를 할 때에도 문을 여닫을 때에도 큰 소리가 나지 않도록 마음을 기울였다. 홈통을 타고 흘러내리던 이슬방울 하나도 함부로 건드려 망가뜨리지 않았다.

그러나 운명은 결코 나를 잊지 않았다. 잊지 않았을뿐더러 채찍으로 나를 후려치며 누구든 자신이 타고난 것들로부터 완전히 벗어날 수는 없는 법이라고 무섭게 소리쳤다. 내가 드디어 벗어났다고 믿었던 가난과 우울은 내게서 완전히 떠나간 게 아니었다. 그들은 그동안 잠시 자리를 비웠을 뿐 간단한 외출에서 돌아온 가족처럼 어느새 나를 점령해버리고 말았던 것이다.

나는 엄마가 보고 싶었다.

손바닥만 한 창문 아래서 날이면 날마다 바느질만 하시던 엄마. 햇볕도 제대로 들지 않던 그 넷째방에서 갓도 없는 노란 전등 하나에 의지하여 엄마는 혼자서 그렇게 우리를 먹이고 입히고 가르쳤던 것이다. 청춘의 흔적이라고는 찾아볼 수 없던 얼굴, 이마 위에 수북하던 흰머리, 머리에도 옷에도 노상 몇 개씩 묻어 있던 실밥들……

노루발 아래로 미끄러지던 수많은 비단치마의 주름 속으로 엄마의 청춘과 청춘의 꿈은 구겨진 채 스러져갔던 것이다.

엄마는 왜 그렇게 사셨을까. 왜 그렇게 '없는 듯이 살려고' 하셨을까. 그것은 일찍이 힘겨운 사랑을 경험했기 때문이 아니었을까. 그 사랑이 모든 것을 앗아가버렸기 때문이 아니었을까. 모든 것을 앗아갔으나 오직 한 가지만은 앗아가지 못했기 때문이 아니었을까. 엄마가 마지막에 말하려고 하셨던 것도 바로 그 얘기가 아니었을까.

나는 엄마를 안고 울고 싶었다. 노상 바늘이 꽂혀 있던 엄마의 가슴에 얼굴을 파묻고 울고 싶었다. 울면서 말하고 싶었다. 바늘에 찔려도 상관없었다.

"엄마, 난 엄마처럼은 살지 않으려고 했어. 절대로 그렇게는 살지 않으려고 했어. 하지만 그 길만이 '인간답게 사는 길'이란 걸 이제 알 것 같아."

나는 엄마와 함께 살고 싶었다. 엄마와 함께라면 어떻게든 살 수 있을 것 같았다. 어떻게 살든 견딜 수 있을 것 같았다. 그러나 엄마는 이 세상 어디에도 없었다. 나에게는 오직 준호가 있을 뿐이며 나는 이제 그를 위해 없는 듯이 살아야만 했다. 그 누구를 위해서도 없는 듯이 살아야만 했다.

이제는 모든 것을 분명히 알 수 있었다. 내가 여기 살고 있는 한 그 누구도 온전히 행복해질 수 없다는 것을. 내가 아무리 원하지 않더라도 은수는 나로 인해 추락하게 되리라는 것을. 내가 아무리 발버둥을 쳐도 어느 날 갑자기 꿈이 아닌 진짜 죽음이 찾아와 그 익숙한 솜씨로 다시 한번 나를 때려눕힐지도 모른다는 것을. 그래서 결국 청도리 시어머님의 말씀처럼 이번에야말로 내가 은수를 '잡아먹게' 될지도 모른다는 것을.

그리고 또한 내가 그렇게도 애지중지하던 안정된 생활과 그 속에서의 자잘한 기쁨들은 일찍이 내 인생에 퍼부어진 검은 소낙비 뒤에 떠오른 아름다운 호선의 무지개가 아니라 운명이 조소하듯 찔끔 흘려놓은 진창의 가솔린 무지개에 불과했었다는 것을.

소름이 끼칠 정도로 분명한 그러한 사실들을 나는 왜 여태까지 모르고 있었을까?

하지만 나는 정말 모르고 있었을까?

은수를 처음 본 순간에, 아니면 적어도 그와 함께 살게 된 처음 무렵에 이미 예감하고 있었던 것은 아닐까?

모든 것을 이미 알고 있었으면서도 다가올 이 순간이

두려워 모른 척 자신을 속이고 있었던 것은 아닐까?

만일 은수가 사랑을 고백하지 않았다면 그럭저럭 평온하게 살 수 있지 않았을까? 하고 싶은 말들을 가슴 속에 묻은 채로 서로에게 별이 될 수 있지 않았을까?

우리가 만일 처음부터 다시 시작한다면, 처음부터 불어올 바람을 예감하고 잔뜩 긴장하여 펄럭이지 않는다면 평생을 조용히 살 수 있지 않을까?

그러나 이제와서 그러한 의문들은 아무 소용이 없었다. 우리는 이미 너무나 많은 것을 드러냈고 그에 따르는 혹독한 대가를 치러야만 했다.

창밖에선 아직도 눈이 내리고 있었고 거실의 큰 시계가 두 번 종을 울렸다. 날이 새려면 몇 시간은 더 있어야 했다. 그리고 나는 그 몇 시간 안에 이곳에서 달아날 만반의 준비를 갖추어야만 했다.

너무나도 짧고, 너무나도 두려운 시간이었다.

두려움을 극복하기 위해 나는 이를 악물고 나 자신에게 똑똑히 소리내어 말해주었다.

"그래도 가야 해."

어디로 갈 것인가?

나는 아무데도 갈 곳이 없었다.

그러나 어디로든 가야만 했다.

갑자기 광희의 얼굴이 떠올랐다. 그는 내가 이렇게 하지 않을 수 없으리라는 것을 알고 있었던 것은 아닐까? 그것이 도피든 도망이든 다른 무엇이든간에 마지막 순간에 이르러 내가 나 자신을 초월하는 힘을 발휘하지 않을 수 없으리라는 것을 어렴풋이나마 예감하고 있었던 것은 아닐까? 그래서 내가 감수해야 할 이 고통에 입을 맞추었던 것은 아닐까?

창밖에선 눈발이 점점 약해지고 있었고 거실에서 반종을 울리는 소리가 들려왔다. 짧은 시간은 자꾸자꾸 흘러가고 있었다.

나는 아무것도 모르고 돌아올 남편을 생각하니 몹시 마음이 아팠다. 나를 더없이 사랑해주었고 좀 더 사랑해주기 위해서라면 무엇이든 아끼지 않았던 그. 그는 내가 자기를 싫어해서 떠난 것이라고 생각할 것이다. 그리고는 엄청나게 충격을 받을 것이다. 나는 그가 그렇게 생각하며 괴로워할 것이 너무나도 슬펐고 그에게 충격을 안겨주어야 하는 나 자신이 너무나도 원망스러웠다. 그러나 모든 것을 사실대로 털어놓는다면 그는 더욱 엄청난 충격을 받을 것이다. 그래서 나는 생각 끝에 내가 가지고 있던 편지지 중에서 가장 예쁜 것을 골라 "용서해주세요. 당신을 사랑해요."라고 적어 그의 방 탁자 위에 올려놓고 결혼반지를 뽑아 그 위에 얹어놓았다. 물론 그를 진심으로 사랑한 적은 없었으나 그의 괴로움을 조금이라도 덜어주기 위해 기꺼이 그렇게 썼다. 그리고 결혼반지는 내가 더 이상 끼고 있을 수 없었으므로 그렇게 했다.

그리고는 여행용 가방을 꺼내어 준호와 나의 속옷과 당장 갈아입을 몇몇 옷가지들과 화장품과 준호의 감기약과 준호아빠의 보험금을 저금해둔 통장과 가지고 있던 약간의 현금 등 극히 필요한 것들을 챙겨 넣었다. 그러면서도 내가 정말 떠나는 것인지 어떤지는 잘 느낄 수 없었다. 그저 떠나야 한다는 사실과 지금이 바로 떠나야 할 때라는 사실만을 의식하고 있을 뿐이었다.

나는 팽팽해진 여행용 가방과 준호의 책가방을 내 방 한쪽에 놓아두고 부엌으로 가서 언제라도 은수가 내려와 먹을 수 있도록 아침밥을 지어 식탁을 차려놓았다. 그리고는 그 잊을 수 없는 분홍 앞치마를 벗어서 늘 하던 대로 선반의 가장자리에 걸어놓고 마지막으로 한번 둘러본 후에 불을 껐다.

넓고 서늘하고 모든 것이 깨끗하게 정돈되어 있어 더없이 편리하고 아름답던 부엌! 그곳에선 차마 떠나지 못한 내가 영원히 남아 날마다 쌀을 씻고 그릇을 헹구고 찬장에 머리를 기대고 서서 괴로워할 것이다.

어느새 눈은 그치고 하늘엔 불그레한 새벽노을이 번지기 시작하고 있었다. 그리고 거리에선 일상적인 소음이 들려오기 시작하고 있었다.

나는 더 이상 머뭇거릴 수가 없어 내 방으로 들어갔다. 내 방! 그곳은 내가 태어나서 처음으로 가져보았던 나만의 방이었다. 구석구석엔 남편이 마련해준 예쁜 가구들이 놓여 있었고, 그 속엔 어릴 적부터 간직해온 낡고 자질구레한 물건들을 넣어둔 상자들과 몇 권 되지는 않지만 추억이 깃든 책들과 앨범과 반짇고리 등 나에겐 더없이 소중하고 다정한 물건들이 나만 아는 곳곳에 들어 있었다. 그리고 화장대 서랍에 넣어둔 남편과의 결혼식날 끼었던 구슬 달린 흰 망사장갑과 수많은 꽃장식에 사용되었던 리본들……

나는 그들을 거기에 그대로 놓아두기로 했다. 모두 가지고 떠날 수도 없었을 뿐더러 내가 떠난 뒤에도 내가 여전히 거기에 살고 있다고 생각하고 싶었기 때문이었다. 여전히 가슴을 설레이며 능소화나무의 꽃덩굴을 바라보고 꽃덩굴이 타고 올라갈 사다리를 계획하고 거실의 큰 시계가 저녁 일곱 시와 여덟 시 사이에 반종을 울리고 나면 화장대 한쪽에서 유리피리를 불고 있는 유리목동의 저고리 앞섶이 거울에 비친 노을빛에 물들어 능소화 꽃잎처럼 붉게 타오르는 것을 여전히 매혹된 시선으로 바라보고 여전히 소파에 반쯤 누워 책을 읽고 이층 마루에 있는 꽃나무들을 마당에 옮겨심기 위해 봄을 기다리고 있다고 생각하고 싶었기 때문이었다.

"엄마, 어디 가?"

겉옷을 입히자 준호가 연거푸 기침을 하며 아직 잠에서 덜 깬 목소리로 나에게 물었다.

"응."

"어디?"

"어디든지."

"눈 많이 왔어?"

"응."

"그럼 난 안갈래. 형하고 눈사람 만들 거야."

가엾은 준호! 형하고 눈사람을 만들 거라고 그는 말하고 있었다. 나는 그에게 너무도 못할 짓을 하는 것 같아 마음이 아팠으나 계속되는 그의 질문에 되도록 간단히 대답하며 지퍼를 채우고 단추를 잠그고 모자를 씌웠다. 그리고 나서 나 또한 튼튼히 껴입었다.

나는 은수가 깰까 봐 풍경 속에 매달려 있던 달랑거리는 추를 손으로 잡고 소리 나지 않게 하나씩 하나씩 풍경 두 개를 모두 떼어 한쪽에 놓아두고 나서 조심스럽게 현관문을 열고 밖으로 나왔다.

밤새 내린 눈으로 세상은 온통 하얗게 변해 있었다.

정향나무는 꽃이 피었을 때보다도 더 눈부신 모습으로 서 있었고 마당에도 마당가의 크고 작은 꽃나무들 위에도 그리고 마당 이쪽 끝에서 저쪽 끝까지 길게 매어놓은 빨랫줄에도 빨랫줄을 받치고 서 있던 바지랑대에도 수북수북 눈이 쌓여 있었다.

나는 역시 하얗게 눈이 쌓인 능소화나무의 덩굴이 뻗어올라간 내 방과 그 위의 은수방의 창문을 잠시 바라보고 아무런 고백의 흔적도 없이 하얗기만 한 정향나무 아래를 또한 잠시 바라보았다. 그리고는 슬픔이 나를 사로잡지 못하도록 뒤도 돌아보지 않은 채 서둘러 대문을 빠져나왔다.

마지막 장

새벽

몹시도 추운 새벽이었다.

하늘을 물들이고 있던 불그레한 기운은 짚불이 사그라지듯 시시각각 회색빛으로 변해가고 이제는 나 혼자서 헤쳐나가야 할 세상은 온통 새하얀 눈에 뒤덮여 더욱더 차갑고 무시무시하게 보였다.

나는 아무데도 갈 곳이 없었으나 어디로든 가야 했기 때문에 큰길 쪽으로 걸어갔다.

조그만 가게 앞을 쓸고 있는 부시시한 차림의 여자, 신문을 실은 자전거를 힘겹게 끌고 가는 중학생쯤 되어보이는 남자아이, 안개 같은 입김을 뿜으며 우유 상자를 운반하고 있는 털모자를 쓴 중년 남자, 가방을 들고 혹은 서류봉투를 들고 바쁘게 걸어가는 사람들……

나는 그들이 한결같이 부러웠다.

나는 앞으로 어떻게 살아갈 것인가.

"엄마, 추워."

준호가 기침을 하고 있었다.

나는 하필이면 나를 통해 세상에 태어난 가엾은 그의 손을 꼭 쥐고 서서 택시를 잡기 위해 큰길가에 가방을 내려놓았다. 하지만 쉽게 잡을 수 있을 것 같지 않았다. 거의 모든 차들이 체인을 두른 채 느릿느릿 거북이 운행을 하고 있었으며 택시는 눈에 띄지도 않았다.

"엄마, 이것 봐."

서 있기에 지루해진 준호는 눈을 뭉쳐 동글동글하게 만들고 있었다.

세상은 점점 더 밝고 뚜렷하게 그 모습을 드러내고 있었으며 오가는 사람들의 숫자도 점점 더 많아지고 있었다.

다행히도 그리 오래지 않아 빈 택시 한 대가 이쪽으로 오고 있었다. 나는 손을 들어 차를 세우고 나서 준호의 옷에 묻은 눈을 털었다.

그때였다. 은수가 나를 부르는 소리를 들었던 것은.

그 소리는 처음엔 멀리서 들려왔으나 점점 가까이 다가오고 있었다.

가슴 속이 쿵쿵 울려 그가 마치 내 심장을 밟고 달려오는 것 같았다.

"형이야."

준호가 뒤를 돌아보더니 달려가려고 했다.

그러나 그와 동시에 택시가 내 앞에 와서 멎었다.

나는 급히 뒷문을 열고 준호를 태우고 가방을 밀어 넣고 나도 오른 후에 문을 세게 잡아당겼다. 그러자 은수의 목소리가 갑자기 멀어지며 둔탁하게 구르는 체인 소리와 함께 택시가 움직이기 시작했다.

주注

1) 타고르의 희곡 〈우체국 The Post Office〉에서 거의 인용.
-라빈드라나드 타골 Rabindranath Tagore, 《타골 선집 Selections From Tagore》, 유영 옮김, 을유문화사, 1974.

2) 위와 같음.

3) 위와 같음.

4) 위와 같음.

5) 위와 같음.

6) 위와 같음.

7) 위와 같음.

8) 위와 같음.

9) 두이노의 비가 Duineser Elegien : 라이너 마리아 릴케 Rainer Maria Rilke의 장편 연작시.